ro
ro
ro

VALERY TSCHEPLANOWA ist als Schauspielerin an den wichtigsten deutschen Bühnen zu sehen, sie tritt in Kino- und Fernsehfilmen auf und wurde als Buhlschaft im «Jedermann» der Salzburger Festspiele 2019 gefeiert. Sie wurde vielfach ausgezeichnet, unter anderem mit dem Kunstpreis Berlin und als Schauspielerin des Jahres 2017. Geboren 1980 im sowjetischen Kasan, kam sie mit acht Jahren nach Deutschland. «Das Pferd im Brunnen» ist ihr erster Roman. Valery Tscheplanowa lebt in Berlin.

«Tscheplanowas Debüt ist nicht weniger Ereignis als ihr Spiel – roh, durchscheinend, kristallklar und mit einer kühlen Strenge, die sie seltsam weise wirken lässt ... Wunderbar.» *Süddeutsche Zeitung*

«Valery Tscheplanowa schildert auf herzerfrischend geradlinige und doch poetische Weise die Lebensgeschichte von vier Frauen ... Ein hinreißend eigensinniges Buch.» Wolfgang Höbel, *Der Spiegel*

«Stolze Erinnerung statt niedergedrückte Sentimentalität bestimmt dieses besondere Buch ... Ein außergewöhnliches Leseerlebnis.» *Frankfurter Allgemeine Zeitung*

Valery
Tscheplanowa

DAS PFERD IM BRUNNEN

Roman

Rowohlt Taschenbuch Verlag

1. Auflage

Veröffentlicht im Rowohlt Taschenbuch Verlag,
Kirchenallee 19, 20099 Hamburg, September 2025

Covergestaltung any.way, Barbara Hanke, nach einem
Entwurf von Anzinger und Rasp, München
Coverabbildung Tatiana An: «Say Something».
Acryl auf Leinwand, 2022, 70 x 50 cm
Satz aus der Questa bei CPI books GmbH, Leck
Druck und Bindung GGP Media GmbH, Pößneck
ISBN 978-3-499-01231-0

Kontaktadresse nach EU-Produktsicherheitsverordnung:
produktsicherheit@rowohlt.de

FSC www.fsc.org
MIX
Papier | Fördert
gute Waldnutzung
FSC® C014496

Für G. und O.

*«Wirklich reich ist ein Mensch nur,
wenn er das Herz eines geliebten
Menschen besitzt.»*

GRETA GARBO

Der Schaukelstuhl

Seit neun Jahren steht in diesem Winter für Winter beheizten Zimmer in Russland ein Schaukelstuhl, auf dem niemand mehr sitzt. Vielleicht verstaubt er, vielleicht auch nicht. Wo sollte der Staub herkommen? Die Fenster werden nicht geöffnet, niemand trägt Dreck rein, kein Luftzug geht. Ich weiß nicht, ob die weißen Gardinen vergilben. Es könnte sein, dass sich die alten Kerzen verbiegen von der hartnäckigen Zentralwärme von Oktober bis März. Von Zeit zu Zeit, alle paar Monate vielleicht, fällt so eine Kerze herunter und macht einen dumpfen Ton auf dem blumigen Teppichboden, auf dem niemand mehr geht.

Auf den Regalen des Einbauschranks stehen ihre Fotos. Das pralle, runde Gesicht mit dem schwarz-weißen roten Kirschmund in der Mitte und das glänzende, streng gewellte Haar. Als sie starb im benachbarten Krankenhaus, so hat mein Onkel es mir erzählt, bat sie um drei Dinge: einen Kamm, einen Lippenstift und einen Spiegel. Sie hat sich dann allein zurechtgemacht und ist allein gestorben.

Als ich sie kennenlernte, war ich siebzehn. Ich hatte

sie oft gesehen, als Kind, aber sie war stets unterwegs vom Einkaufen zur Arbeit, von einer Warteschlange zur nächsten auf hohen Absätzen mit strammen Fesseln, die kleinen Brüste stets frech nach vorn gestreckt, laut und zornig und so charmant mit ihren kleinen, flachen Zähnchen lächelnd. Ein Glockenlachen hatte sie, fast blechern. Ich wusste nicht, ob ich sie mochte. Sie war nicht größer als eins sechzig und achtete stets darauf, dass ihre kleinen Pullover und Blusen zu ihren kleinen Röcken passten. Sie hatte keine Gelegenheit, einen eigenen Geschmack auszubilden, sie kaufte, was sie fand, in benachbarten Geschäften, und sie nähte und strickte sich das Fehlende zusammen, dennoch gelang es ihr, ein Muster mit einem anderen auf eine Art und Weise zu kombinieren, dass es beiläufig und anziehend zugleich war. Ich erinnere mich nicht daran, dass ich sie jemals um etwas bitten oder nach etwas fragen gehört hätte. Sie sagte, was sie wollte, in einem unmissverständlichen Ton.

Ich sehe sie vor mir als eine Vorbeilaufende mit kurzen, festen Schritten, sogar ihre Hausschuhe hatten einen erhöhten Keilabsatz, auf denen lief sie kilometerlange Wege auf unseren siebzig Quadratmetern zwischen Küche und Bad und den verwinkelten Zimmern. Das Fischgrätenparkett stöhnte unter ihr auf, und auch meine Mutter und mein Onkel schienen den Kopf ein wenig einzuziehen, wenn sie vorüberstürmte. Mir war, als hätte sie auf jede ungestellte Frage eine Antwort. Die Antworten schienen wie einstudiert, kein Stammeln, kein Zögern, nur ein fester, harter Schuss. Es wirkte, als würde sie ihre Kraft aus diesen Schüssen beziehen, die Augen stets auf der Suche nach der nächsten Beute. Tatsächlich schienen mir meine restlichen Verwandten in ihrer Anwesenheit wie Beute, unsicher und geduckt. Erst wenn sie gegangen war am Morgen, entspann sich die studentische Stimmung in unserer Küche, wenn meine junge Mutter den Kaffee mahlte und das Brot in den Schmand tunkte, das Radio lief und mein Onkel, kauend in eine Illustrierte vertieft, seinen Kaffee schlürfte, mich wie ein Kätzchen auf dem Schoß. Es gab einen geteilten Tag, während sie fort war und nachdem sie zurückkam. Ich wusste nicht, wohin sie ging. Kaum war sie am Abend wieder da, hörte ich Befehle klappern wie die Topfdeckel in der Küche, und wieder schienen alle ein paar Zentimeter kleiner zu werden. Das Wasser im Badezimmer wurde für mich eingelassen, und sie rief etwas aus der Küche, und meine Mutter eilte hinaus, um zu hören, was sie dieses Mal vergessen oder falsch gemacht hatte. Ich erinnere mich nicht, dass sie mich jemals gehalten oder getragen hätte, aber angesehen hat sie mich, und diesen Blick aus ihren stechenden Augen, den spüre ich noch heute.

Mit siebzehn lernte ich sie also kennen, in welcher Beziehung sie zu mir stand, das konnte ich nicht ausmachen. Sie hatte meine Mutter geboren, das wusste ich, und wir wurden Freunde, später dann. Zwei, die Sauerkraut mit gebratenen Kartoffeln aßen, fast jeden Tag. Ich besuchte sie damals, weil ich herausfinden wollte, woher ich kam. Ich glaube, ich hatte das in einem Roman gelesen, und da Romane meine Erziehung ersetzten, tat ich, was dort stand. Sie war einverstanden und fragte nicht viel. Wir saßen in der Küche an einem rechteckigen Tisch mit einem blau-weiß karierten Plastiktischtuch, und ich fragte sie, wie das war, damals im Krieg.

Fünf oder sechs muss sie gewesen sein, da wurde sie von ihrer Mutter ins Lazarett mitgenommen. Zwischen den eisernen Liegen mit den vielen verbundenen Armen und Beinen lief sie dann hin und her und bezauberte die verwundeten Soldaten. Das war nicht schwer, ein Lächeln genügte, die schwarzen, fest geflochtenen Zöpfe baumelten rechts und links, und sie hatte auch schon das eine oder andere Lied auswendig gelernt, das sang sie an die Gitterbetten gelehnt. Dafür bekam sie einen Bonbon, und dann ging es weiter in den nächsten Saal, bis sie müde wurde und einfach irgendwo zusammengerollt liegen blieb. Wenn ihre Mutter dann später nach ihr suchte, hieß es: Nina, ja Nina ist da und da, sie schläft.

Kaum war sie sieben, begann die Plackerei, Fußböden waschen, die dunklen, breiten Bretter schrubben auf den Knien. Viele hatten Mitleid, und wer noch Arme zum Schrubben hatte, der half dem kleinen Gör. Dieser Geruch nach Watte, Medikamenten und Reinigungsmitteln, diese spitzen Gegenstände, die zu Boden fallen, das sollte sie ihr Leben lang begleiten. Sie wurde Krankenschwester, und viel später werde ich in den Schränken ihrer Wohnung Watte und Desinfektionsmittel für eine ganze Station finden und in einem Nachtkästchen ein vollständiges Zahnarztbesteck.

Gute Schuhe hatte sie nicht, erst recht nicht im Winter, und so kam es, dass sie schon bald krank wurde und krank blieb. Fast ein ganzes Jahr war sie bettlägerig, dann lange auf Krücken, und später im Studium hatte sie einen Stock, an dem ging sie die langen Flure der Berufsschule entlang und machte aus ihren wackeligen Schritten den festen Schritt, den ich an ihr geliebt habe.

Wenn ich nach Hause kam von meinen Streifzügen durch die Stadt oder von der Uni, wo ich versuchte, meine verloren gegangene russische Sprache wiederzufinden, saß sie in der Küche an der weiß-blau gemusterten Plastiktischdecke, der Kanarienvogel flatterte im Käfig, und der Raum war stickig vom Sonnenblumenöl, das in der Pfanne die Kartoffeln goldbraun färbte. Sie stand am Herd und wendete umsichtig die Kartoffeln, und dann setzten wir uns zusammen an den Tisch, um einander zu erzählen, wie wir lebten in unserer in Stücke geschlagenen Familie, verstreut auf Europa und Russland. Eine Reihe von ungeschriebenen Geschichten, nur gut genug, um sie einander zu erzählen, wie sie oft sagte. Sie hatte ein schnippisches Lächeln im Gesicht, manchmal eine Häme. Sie setzte sich nicht gern hin, nur eben zum Essen, ansonsten verbrachte sie ihre Tage in stetiger Tätigkeit. In der Küche wurde geklappert und repariert, mit ihrem Werkzeug und ihren groben, großen Händen war sie in der Lage, so gut wie jeden Gebrauchsgegenstand des täglichen Lebens notdürftig zusammenzukleben oder zu reparieren, ohne jemanden um Hilfe zu bitten.

Denn das war das Entscheidende für sie, niemanden brauchen. Diese verbissene Kampfansage, das ist ihr hässliches Geschenk, das Gift, das sie an uns alle, die ihr folgen, weitergegeben hat: niemanden brauchen.

Sie hatte diese kleinen, geblähten Nasenflügel, die unter äußerster Spannung auf das Gegenüber gerichtet waren, sie wirkte auf mich wie ein Tier kurz vor dem Zuschnappen, immer bereit für eine Ausrede oder irgendeine Verzweiflungstat, um dem Menschen davonzukommen, der versuchte, sie einzukreisen. Jedes Gespräch mit ihr verlief, wenn man nicht achtgab, auf die gleiche Art und Weise, ein schnelles und hektisches Hindernisrennen, das sie immer gewann, da sie die Hindernisse selbst erfand. So wurde das Lügen für sie zum Lieblingsspiel. Alles, was in ihrem Leben nicht so stattgefunden hatte, wie sie es sich vorstellte, wurde in eine Lüge gekleidet in einem passenden Augenblick wie ein Taschentuch achtlos fallengelassen, damit das Gegenüber es aufhob und es ihr hinterhertrug. Sie log sich ihre ungenutzten Möglichkeiten weg, ihre verpassten und erträumten Auswege herbei. Ihre Lügen waren eine eigenständige, weit ausgebaute Gedankenstadt, in der nur sie die Gesetze bestimmte und die sie über die Jahre selbst nicht mehr überblickte, sodass sie begann, ihre eigenen Geschichten zu glauben. Sie ließ sich nicht aus der Ruhe bringen, wenn jemand versuchte, sie zu entlarven, dafür hatte sie ein Gegenmittel gefunden – mit so etwas kannte sie sich als Krankenschwester aus –, das wie eine rechtzeitig verabreichte Medizin immer wirkte: den blanken Zorn.

Sie hatte unzählige Varianten von Zornesausbrüchen, leise im Hintergrund grollende Gewitter, nicht enden wollende langatmige Konzerte aus monotonen Beschimpfungen oder blitzartige Angriffe wie die Bisse einer giftigen Spinne. Das alles gewürzt mit dem hämisch-charmanten Lächeln ihrer kleinen Zähne, das mich immer wieder in seinen Bann zog. Schon als Kind konnte ich nicht glauben, was sie sagte, es war ja auch zu offensichtlich, die an den Haaren herbeigezogenen, versponnenen Geschichten, Professoren, die sie in die Familie aufnahm, Möglichkeiten, die sie ausgeschlagen hatte, Verwandtschaften mit hochgestellten Persönlichkeiten, Familienschmuck, den sie in Wahrheit ihren Freundinnen stibitzt hatte, um sich dann rechtzeitig vor dem Entdecken der Elstertat mit einem gezielt inszenierten Streit aus dem Schussfeld zu bringen. All das waren die schillernden Folgen von Hunger, Not und den Schlägen ihrer Mutter, dem Verschwinden des Vaters und all den gewöhnlichen und stumpfen Kriegsszenarien, die überall auf der Welt gleich träge über die Menschen rollen, auch über sie.

Als wir da so in der Küche saßen und Kartoffeln mit Sauerkraut kauten und ich sie wieder etwas fragen wollte, da sagte sie plötzlich: «Halt!» Sie sagte: «Du hast Zeit. Das kenne ich nicht, ‹Zeit›, ich musste arbeiten für meine Mutter, ich musste arbeiten für mich, für mein Essen, ich wurde früh Mutter und musste arbeiten für das Essen meiner Kinder, ich hatte keine Zeit zum Nach-Denken, denn was vergangen war, wurde überdeckt von dem, was zu tun war. Also belästige mich nicht mit deinen Gedanken, denn wenn ich Zeit zum Nachdenken gehabt hätte, hätte ich nachgedacht. Lass mir meine Irrtümer, Kind.» Ich habe sie ihr gelassen. Auch auf die eigene Blindheit hat der Mensch ein Recht.

Das letzte Mal, als ich sie besuchte, muss ich dreißig gewesen sein. Damals erzählte mir jemand aus dem Dorf, dass sie die Angewohnheit hatte, mit nach hinten verschränkten Armen, durchgedrücktem Kreuz und leicht erhobenem Kinn auf dem Parkgelände neben ihrem Haus herumzugehen und dann Kurs auf das Kurgebiet zu nehmen. Dort verfolgte sie gemächlich und doch zielstrebig Menschen, die sie interessant fand. So lange, bis sie oder die andere Person ein Gespräch begann. Das graue Haar trug sie damals kinnlang, obenauf saß ein kleiner Schlapphut, und der eine oder andere Zahn in ihrem verschmitzten Lächeln war nun vergoldet. Sie bot sich dann an, diese Person zu begleiten, eine Spaziergangbegleiterin zu werden, und dort, wo sie mit ihren eigenen Kindern oft kühl und eisern war, blühte sie an der Seite dieser Fremden zu einer kecken Gefährtin auf, betrachtete mit aufmerksamen Augen jede Kleinigkeit an ihrem Gegenüber. Manchmal entspann sich daraus auch eine dauerhafte Begleiterei. Dann wartete sie am frühen Morgen sorgfältig gekleidet vor der Eingangstür, um die betreffende junge Frau durch den kleinen Kurort zu führen, über die Fichtenallee zur Bahnhofstation, und sie am Abend dort wieder in Empfang zu nehmen. Manchmal waren es auch Kurgäste, mit denen sie spazieren ging und denen sie ihre erfundenen Geschichten erzählte, ungestraft.

Bei einem meiner letzten Besuche saß ich in ihrer Küche auf dem abgewetzten, mit einem Stück bunter Plastikdecke beschlagenen Schemel und schnitt gedankenversunken Tomaten und Gurken für einen Salat. Als ich beiläufig zu ihr aufblickte, bemerkte ich einen eigenartigen, fremden Ausdruck in ihrem Gesicht. Ich sah, wie ihr Gesicht weich wurde und sie mich fixierte. Wir schauten uns an, und dann machte sie mir das einzige Kompliment, das sie mir in unserer Großmutter-Enkel-Freundschaft je gemacht hat, sie sagte: «Auch wenn du nicht meine Enkelin wärst, sondern eine Fremde, ich würde dich mögen.»

Ich glaube, Sterben ist wie ein verlorener Zahn, gestern Abend hatte man ihn noch, und heute Morgen wurde er gezogen, das ist alles.

Radieschensalat

Tanja sitzt im Garten, während die Sonne aufgeht, ihren breiten Rücken hat sie dem Haus zugewandt. Das Tuch auf ihrem Kopf ist hinten zusammengebunden, und unter dem Tuch hat sie ihre langen Haare zu einem rattenschwanzdicken Zopf geflochten, den sie zu einem Dutt zusammengerollt und mit einer Haarnadel festgesteckt hat. Das reicht, so hält es. Sie schneidet Radieschen in hauchdünne Scheiben, mischt sie mit Frühlingszwiebeln, Salz, Pfeffer und Schmand. Die Scheiben der Radieschen sind so dünn, dass sie durchsichtig sind, so dünn, dass sie bestimmt eine halbe Stunde sitzt und schneidet, während ihre Urenkelin noch schläft. Tanjas kümmerliche Rente ist ihr genug, für die paar Rubel kann sie sich die Gelassenheit leisten.

Das Holzhaus, in dem die alte Tanja lebt, bewohnen drei Parteien. Die Dielen haben breite Fugen, die sie mit der Knetmasse ihrer Urenkeltochter stopft. Sie haben alle früh geboren, die Frauen in dieser Familie, alle mit zweiundzwanzig. Tanja, ihre Tochter Nina und ihre Enkeltochter Lena. Tanja trägt die Radieschenschüssel auf die Holzveranda und geht zurück in den Garten, um die Hühner zu füttern. Zurzeit sind es sieben, bald werden es mehr sein, im kleinen, dunklen Vorraum neben der Küche brütet eine einsame Henne Nachschub. Tanja hat große Hände, rissig und hart, im Frühling pflückt sie frische Brennnesseln mit diesen Händen und macht daraus Suppe. Ihre Arme sind lang, zusammen mit den Händen baumeln sie fast über die Knie und begleiten ihren schweren Schritt in Galoschen, die mit warmen Socken und ihren dicken Füßen gefüllt sind. Sie geht zurück ins Haus, in die Küche, und setzt den Teekessel auf, zündet das Gas mit dem Streichholz an, ganz nah mit ihren rissigen Fingern an der Flamme, aber weder die Brennnesseln noch die Flammen können ihr was. Dann schaut sie ins Zimmer, wo das Kind schläft. Sie lässt es schlafen und setzt sich kurz. Das tut sie selten. Nimmt den Tee zur Hand und auf die Zunge ein Stück Würfelzucker. Ein wenig sitzen, ein paar Minuten, das ist schon genug. Jetzt wacht das Kind auf, und sie geht hinüber und streckt es. Das Mädchen hält sich am Bettgitter fest, und sie zieht und sagt dabei: «Wachs groß und schön, mein Mädchen.»

Fließendes Wasser gibt es nicht. Das Gesicht wäscht sie dem Kind mit dem Wasser aus dem Eimer. Dann werden Zähne geputzt, das Haar wird gekämmt. Das Wasser ist im Brunnen, das kann man holen, und das Holz kann man hacken mit der Axt und dann verheizen. Auf dem Markt gibt es Brot, Buchweizen und Eier zum Brüten. Kartoffeln, Zwiebeln und Kohl kommen in den Keller. Milch holt man beim Bauern. Frische

Tomaten und Gurken wachsen im Garten und werden eingelegt für den Winter. Im Sommer gibt es Früchte und Marmelade im Winter, und jeweils das halbe Jahr wartete man auf das eine oder das andere. Nach dem Heiraten wird geboren, nach dem Gebären wird gearbeitet, gekocht und geteilt. Auf Schwellungen werden Kohlblätter gelegt, und es gibt ein Kraut gegen fast jedes Gebrechen, und wenn das nicht hilft, dann geht man ins nächste Krankenhaus, am besten zu Fuß.

Tanja fegt die Veranda, während das Kind auf den Stufen sitzt mit seiner Schüssel Radieschensalat, keiner spricht, der Kater streift umher, und die Sonne steht nun satt und rund am Horizont.

Wenn die Kleine ihr Frühstück gegessen hat, wird sie hinauslaufen und spielen gehen. Sie wird auf den benachbarten Hügel klettern und sich oben an diese Stelle setzen, wo die Bretter liegen. Da geht sie oft hin. Ihr Onkel Mischa hat ihr die Stelle gezeigt. Einige modrige, große Bretter liegen dort nebeneinander, und er hat ihr erzählt, unter den Brettern sei ein Brunnen und in dem Brunnen ein Pferd, das sei da mal hineingefallen. Da geht sie nun ständig hin und sitzt da und starrt auf die Bretter. Ob da ein Brunnen ist, weiß niemand, und wie da ein Pferd hineingefallen sein soll, erst recht nicht. Fast jeden Tag sitzt es dort, dieses magere, durchscheinende Mädchen.

Jetzt kommt die Alte aus dem Haus und ruft: «Komm, Kleine, Süße, Zuckersüße, wir gehen zu Tante Marina!» Und das Mädchen kommt vom Hügel heruntergerannt, und sie machen sich auf den Weg. Es ist ein anderes

Holzhaus, da wohnt eine andere Alte. Schummrig sind die Häuser alle, die Fenster sind klein, die Möbel dunkel und die Teppiche an den Wänden auch. Tante Marina muss sich abstützen am Tisch, dann am Stuhl, und wenn sie unter Stöhnen auf die Knie geht und endlich liegt, zieht das Mädchen Socken und Schuhe aus. Es steigt auf den Rücken der Alten und beginnt, mit seinen spitzen Füßchen darauf herumzugehen, sinkt ein in das morsche Fleisch und kann mit den Zehen die Sehnen fühlen und das Fett an den Seiten, und Marina stöhnt leise und dankbar. So geht das eine Weile. Dann kommt das mühevolle Aufstehen, gestützt von dem Kind und der Alten. Am Tisch wird Tee getrunken. Ein Schüsselchen Marmelade steht da, Kirschmarmelade mit Kernen, man muss die Kirschen abnagen von den Kernen, das trockene Kirschenfleisch schmeckt würzig und alt. Das Mädchen sitzt still, während die Frauen tratschen. Es fragt nicht, wann sie weitergehen, es wartet. Dann zum nächsten Haus, zu Tassja, hier ist die Alte dürr, das Mädchen muss sich an seiner Urgroßmutter festhalten, um nicht vom Rücken zu gleiten, schmal ist er und sehnig. Stöhnen tut sie trotzdem. «Gut ist das», sagt Tassja, «so gut.» Wieder wird geduldig am Tisch gesessen, hier gibt es Erdbeermarmelade mit ganzen Erdbeeren, gummige, große Früchte, und man isst die Marmelade gleich aus dem Glas. Die Letzte ist Anna. Anna ist fett, das Runtergehen auf die Knie, das dauert, und wenn sie auf dem Boden liegt, wird sie plötzlich ein wenig flacher, das Fett sucht sich nach den Seiten seinen Weg. Das ist ein gutes Gefühl, das weiche Fleisch unter den Füßchen, als würde die Kleine dort Fußspuren hinterlassen. Das Stöhnen der Wonne ist lauter, und der Rückweg zum Stuhl dauert länger, und als die dicke Anna zurückfällt beim ersten Versuch aufzustehen, lacht sie laut und versöhnlich.

Am Abend, wenn sie wieder zu Hause sind vor dem Essen, kommt noch der Gang zum Brunnen. Die Urgroßmutter hat ein großes Joch und das Mädchen ein kleines. Damit gehen sie zum Brunnen, die Eimer baumeln noch leer an den Seiten. Die Alte lässt den Eimer in den Brunnen und kurbelt ihn runter. Das Mädchen hilft, hält sich an der eisernen Kurbel fest, wird hinauf- und hinuntergezogen, fast heben die Füße ab. Dann kommt der Rückweg. Die langen Arme der Alten sind hier hilfreich, sie reichen bis ganz zu den Eimern hinüber und hindern sie am Schwanken. Das Mädchen verschüttet fast das ganze Wasser im Gehen. In der Küche werden dann Kartoffeln gebraten, und Brot wird aufgeschnitten, und das Mädchen sitzt im Zimmer mit einem Blatt Papier und Stiften. Wenn das Essen fertig ist, kommt das Gebet, die Alte murmelt, und die Kleine murmelt mit – ohne Worte – und glaubt auch, dass jemand über sie wacht, ein älterer Herr oder jemand mit Flügeln.

Tanja hat sie taufen lassen, obwohl das verboten ist in der Sowjetunion. Keiner in der Familie wusste davon, weder Lena noch Nina. Sie hat gespart über Jahre und hat dann mit ihrer Urenkelin die heimliche Reise in die Stadt gemacht. Da stand eine Kirche am Rande der

Wolga, umwachsen von Gräsern. Das Mädchen musste sich ducken und hinter der Alten her im hohen Gras zu der verdunkelten Kirche gehen. Sie klopften an, und die große, schwere Tür öffnete sich langsam – schnell hinein –, dann wurde die Tür hinter ihnen hastig geschlossen. Sie standen im stickigen Kerzengeruch, der den gespenstischen Raum bis zur Decke füllte. Die Fenster waren mit schwarzen Tüchern verdunkelt, und das gelbliche Wachs tropfte von den Kerzenständern auf den Boden. Die Kirche war hoch, die goldenen Figuren, deren Namen das Kind nicht kennt, wirkten dunkel in dem schummrigen Licht. Hier und da rote Akzente, schweres Tuch, Samt vielleicht. Das Mädchen hatte hinter dem Geistlichen herzugehen zu den anderen Kindern. Sie mussten ihre Ellbogen und Knie entblößen, und der Geistliche salbte sie. Auch die Stirn benetzte er mit Öl, und ein Neugeborenes wurde in ein Wasserbecken getaucht, nackt mit den Füßen voran mitsamt dem Kopf tief in das Wasser. Das Baby schrie, und es hallte laut, schrill und feierlich in diesem nur von Kerzen beleuchteten Raum. Das Mädchen betrachtete schüchtern die anderen Kinder, die ebenso unsicher nach rechts und links spähten und ängstlich an ihrer Kleidung nestelten. Der Pope sprach unverständliche Worte, sang sie fast, und seine Stimme klang wohltuend warm. Dann musste man einen Schluck Flüssigkeit trinken, bitter und beißend, und es war vorbei. Sie standen wieder in der Sonne im hohen Gras, bekreuzigten sich und machten sich auf den Weg zurück nach Hause.

Der Zug hielt auf dem Bahnhof in Wassiljewo, und die Alte stieg mit der Kleinen aus und ging mit ihr zu Fuß die lange Allee hinunter, vorbei an den Leninstatuen, den nicht zu Ende gebauten Häusern, den Zäunen und Blumenbeeten, wieder zurück zum Haus. Die Galoschen standen vor der Veranda, und bald füllte das dampfende Sonnenblumenöl genauso stickig den Raum wie vor ein paar Stunden der Kerzengeruch die Kirche. Das alles hat Tanja nicht für ihr eigenes Kind getan, die Taufe nicht, diesen heiteren Gleichschritt, den hat ihre Tochter Nina nicht gekannt. Für Nina war dieses nun weiche, faltige Gesicht verhärmt und eisern, hungergestreckt. Sie war das Kind, das arbeiten ging, das Kind, das gebraucht wurde, nicht das Kind, bei dem man wartet, bis es erwacht. Für Heiterkeit gab es im Krieg kein Geld.

Die Alte sitzt am Abend am Tisch und stopft Socken mit buntem Garn, die Socken sind aufgezogen auf eine Glühbirne. Ein feines Gitter aus Fäden webt sie in die alte Socke hinein. Das Mädchen sitzt ihr gegenüber, wieder mit einem Blatt Papier und Stiften. Es zeichnet das Haus, die Urgroßmutter, die Hühner, das Gras und die Beete.

In der Ecke hängt eine Ikone an der Wand. Sie ist geschmückt mit Plastikblumen und Kerzen. Das Mädchen schaut sich die Ikone oft an, die Ikone und die Truhe, in der die Sterbekleider und das Totenkissen ihrer Urgroßmutter Tanja liegen. Das sind die Boten dieser anderen Welt, von der die Alte oft erzählt, die

Engelwelt, für die sie das ganze Jahr Zwiebelschalen aufhebt, um die Eier bunt zu färben zu Ostern, und zu der sie betet am Morgen und Abend.

Die Urgroßmutter sammelt ihre Haare schon ihr Leben lang und füllt damit ihr Totenkissen. Viel fällt nicht mehr ab von dem dünnen Rattenschwanzzopf. Nach dem Kämmen wird das Haar sorgsam in den kleinen bestickten Kissenbezug gelegt. Wenn das Mädchen ausnahmsweise mal allein ist, öffnet es die Truhe und sieht sich diese einzelnen Sterbebegleiter an: das Kissen, das Totenhemd, die Totenschuhe. So wie an dem Brunnen mit dem Pferd starrt sie auf die Dinge, als trügen sie Geschichten aus einer anderen Welt. Als könnte man hinübergehen zu dem Pferd, fände man nur den Mut, das Hemd anzulegen und die Schuhe anzuziehen und seinen Kopf zu betten auf dem mit Haaren befüllten Kissen.

Gleichförmig gehen die Tage, und es ist gut, dass die Tage so sind. Das Mädchen hört den Hahn morgens krähen und sieht die Eier zu Küken und später zu Hühnern werden. Es sieht die knorrigen, alten Hände in der Erde wühlen und graben und pflanzen und ernten. Es wird so gut wie nichts gekauft, was fertig ist, man stellt die Dinge selbst her, nur die Zutaten besorgt man sich auf dem Markt. Stoff für das Kleid und Butter zum Klären, und die kleinen Gurken warten darauf, eingelegt zu werden, wie jedes Jahr.

Schließlich geht die Sonne unter, und die alte Tanja bringt ihre Urenkelin ins Bett, das hohe Bett mit den knarzenden Sprungfedern. Allein kommt die Kleine da nicht hoch, die Alte muss ihr helfen und sie hinaufheben auf dieses Bettschiff zur Nacht. Sie erzählt ihr noch ein Märchen, ein biblisches, von Kain und Abel vielleicht, ein altes dreckiges Märchen, und dann wird geschlafen, gut geschlafen. Sie hört die hohen Fichten rauschen durch das leicht geöffnete Fenster. Morgens um fünf kräht der Hahn, und wenn die Sonne aufgeht, sitzt die Alte wieder vor dem Haus, den breiten Rücken vielleicht ein wenig gekrümmter, und schneidet die roten Radieschen hauchdünn für den Radieschensalat.

Kindergarten

Vielleicht sind wir alle geliehen, Leihobjekte, geliehene Haut, Knochen, Fleisch und Zähne. Nasen, die geliehene Luft atmen, Zähne, die geliehenes Essen kauen, und irgendwann in einem unvorhersehbaren Moment gibt es einen Riss, und das geliehene Material fällt auseinander und verwandelt sich in übel riechende Reste, die dann zu Erde werden. Leihmädchen, -frauen, -jungen und -herren, die die Straßen bevölkern und so sehr mit zärtlicher Hingabe hoffen, einzigartig zu sein, während die Frist der Leihgabe unwiderruflich abläuft.

Tanja nennt sie in den letzten Jahren nicht mehr Nina, sondern «Mama». Nina hat sie abgeholt, ohne sie zu fragen, und sie in die Stadt gebracht. Dort hat sie ihre Mutter in der Wohnung eingesperrt. «Kusja!», hat die alte Frau geschrien, «Kusja!», eine ganze Woche lang, und dann ist Nina zurück und hat den Kater geholt, hat ihn gesucht in den Büschen und ihn ihr fluchend gebracht. Nun ist Tanja allein mit der Katze in der großen Wohnung, siebzig Quadratmeter, drei Zimmer, Küche, Bad, groß ist das für sie beide, viel zu groß.

Wenn die alte Frau in der Küche sitzt, beobachtet sie die Zwiebel auf dem Küchentisch. Ganz von selbst wächst daraus ein grüner, frischer Halm. Tanja beobachtet das Gewächs schon seit Wochen, wie aus der Zwiebel ohne Zugabe von Wasser oder Erde dieser grüne Zwiebelhalm wächst. Am Tag biegt sich der Halm nach unten, und am Abend richtet er sich wieder auf. Er wächst und hört nicht auf zu wachsen. Sie wird ihn nicht abschneiden, sie wird zusehen, wie lange er das aushält ohne Wasser und Erde, sich aus sich heraus in pralles, frisches Grün verwandelt, ohne dass sie ihm in irgendeiner Form dabei hilft. Tanja schaut, wie der Halm das macht, diese Zwiebel auf dem Küchentisch. Könnte sie doch ein wenig von der Zwiebel lernen, leben und wachsen, ohne sich zu fragen, wie. Denn man wächst ja ohnehin von selbst, auch wenn ein Dach über dem Kopf ist und die Tür verschlossen, zur Sonne hin, nach oben.

Im Jahr 1995 arbeitet Nina in einem Kindergarten. Sie geht früh weg und kommt am Nachmittag wieder, wechselt die Windeln ihrer Mutter, wie sie die Windeln der Kinder auf der Arbeit wechselt, und gibt ihr zu essen und dem Kater auch. Tagsüber bleibt die alte Frau allein. Anfangs ist ihr Zimmer nicht verschlossen, sie kann herumlaufen, selbst auf die Toilette und in die Küche gehen und sich einen Tee machen. Dann aber schmeißt sie den Fernseher vom Balkon und das Radio. Das Bügeleisen und den Kassettenrecorder noch dazu, kurz: alles, was sie heben kann. Nina schreit, als sie nach Hause kommt. «Aber es gibt diese Dinge», sagt die alte Tanja, «die hat man erfunden, aber die braucht man nicht.»

Dann hat Nina sie eingesperrt, in das kleine Zimmer. Das Fenster hat Nina verrammelt, damit ihre Mutter nicht herausspringen kann. Das will Tanja auch gar nicht. Ihr Herz schlägt stark, und solange es schlägt, bleibt sie. Die Hände ziehen, und der eine Arm scheint ihr verdreht und hängt komisch herunter, sie lässt ihn hängen, sie muss nichts mehr heben. Es ist genug.

Den Kater lässt Nina im Zimmer, und so sitzen sie beide am verrammelten Fenster, ein wenig Aussicht hat sie ihnen gelassen, das immerhin. Dann kann die Alte im Kreis gehen und sich die Dinge ansehen, die Nina sammelt. Spielfiguren aus Porzellan, ein Cockerspaniel in einem Körbchen mit Welpen auf einem karierten Deckchen, weiße Gnome und Heinzelmännchen und eine Schatulle, die man aufziehen kann. Der Deckel lässt sich aufklappen, und dann dreht sich im Inneren eine kleine goldene Ballerina auf einem winzigen Fuß. Sie kann ein paar Schritte im Kreis gehen auf Socken und sich dann wieder hinlegen und sich erinnern.

Ihr altes Haus musste sie verlassen. Dreißig Jahre Leben wurden mit Brettern verrammelt und abgesperrt. Sie bekam eine Wohnung zugewiesen, ebenerdig. Ein Zimmer, eine Küche und ein Bad mit einer Badewanne. Einen Garten hatte sie da nicht mehr. Ihre Beete musste sie zurücklassen, und die Hühner wurden alle geschlachtet und verkauft. Das Bett mit den alten Sprungfedern war zu groß, das musste sie dalassen und die große dunkle Truhe auch. Die Ikone, ihr Sterbekleid, die Schuhe und das Totenkissen durfte sie mitnehmen. «Das wirst du noch brauchen», hat Nina gesagt.

Tanja hat ihre Urenkelin nicht wiedergesehen. Lena, die Mutter der Kleinen, ist vorbeigekommen und hat sie abgeholt, damals im Sommer. Tanja ist mit dem Mädchen die Allee hoch, die kleine Hand in ihrer großen, rauen Hand, aber zum Bahnhof ist sie nicht mitgekommen. Das Kind hat sie so angesehen, wie sie es angesehen hat, und sie haben es beide gewusst. Sie sehen sich nicht wieder.

Dann ist Tanja zurückgegangen, den Hügel hinunter, vorbei an der Leninstatue, den nicht zu Ende gebauten Häusern und den Blumenbeeten zu ihrem Haus mit dem Holztor, wo links der große Baum steht, und hat sich auf der Veranda in die Sonne gesetzt. Plötzlich sind die Tage andere Tage geworden. Plötzlich passierte der Riss. Die Hühner mussten aber versorgt werden. Wie jedes Jahr schlüpften in dem dunklen Flur die Küken, und Kusja, der Kater, saß auf dem Gartentor und schaute ihr bei der Arbeit zu. Die Radieschen und die Lauchzwiebeln hatte sie zu ernten. Für sich selbst schnitt sie allerdings die Radieschen nicht in Scheiben. Für sie selbst waren ein Stück Brot und ein Glas Kefir genug.

Wenn sie jetzt hier im Kreis geht, kann sie das alles gut vor sich sehen, ihren Garten mit den rechteckigen

Beeten und die grüne Plane, die sie nachts gegen den Frost im Frühling über die Beete legte. In der Wohnung war das alles nicht mehr da. Sie hatte nur die kleine Küche. Sie ließ das Fenster gern offen, wenn sie am Abend ihren Tee trank, und da kam die erste Katze rein. Fleisch hatte Tanja keines, aber ein bisschen Schmand zum Ablecken und Buchweizengrütze mit Milch, das gefiel dem Tier. Die Katze ist dann ins Zimmer gelaufen, auf die Kommode gesprungen und hat sich in den Schaukelstuhl gelegt. Später waren es manchmal vier oder fünf Katzen, die bei ihr gegessen haben. Es blieb ja so viel übrig, warum sollte man das wegschmeißen?

Von Zeit zu Zeit ist sie zum alten Haus gegangen, das war ja nicht weit, nur durch das Sanatorium. Sie konnte am See vorbei direkt zum Haus gehen. Dort stand es noch, das alte Haus, mit Brettern verrammelt in dem zugewachsenen Garten. Sie hat sich einen Beutel mitgenommen und Lindenblüten für den Tee und Brennnesseln für die Suppe gesammelt. Wo die anderen Frauen jetzt sind, das weiß sie nicht. Marina ist wohl von ihrer Tochter in die Stadt mitgenommen worden, und Tassja, das hagere Ding, dass sie noch auf der Erde ist, das glaubt sie nicht.

Ihre eigene Tochter kam selten vorbei, bevor sie sie in die Stadt geholt hat. Wie eine Inspektorin stürmte sie dann in die Wohnung, kontrollierte den Kühlschrank und alle Töpfe, verscheuchte die Katzen und schimpfte mit ihr. Warum sie die Viecher reinlasse, ob ihr eine nicht genug sei. Wie viel von der Rente noch übrig sei und wann sie sich das letzte Mal gebadet habe. Sie hat meistens gar nichts gesagt. Ist nur hinter ihr hergetrottet, vom Bad in die Küche, ins Zimmer und wieder zurück. Lüften solle sie, aber keine Katzen reinlassen. Es reiche ja, oben das kleine Fenster zu öffnen, nicht das in der Küche, durch das kommen die Katzen herein. Tanja hat nur genickt. «Die scheißen hier doch alles zu», hat Nina immer wieder gesagt. Aber das stimmte nicht, das machen die nicht.

Dann wurde es aber mit dem Kopf schwerer. Manchmal wusste sie nicht mehr, ob sie gegessen hatte oder nicht, ob sie aufgeräumt oder sich gewaschen hatte. Die Rente hat sie mal im Ofen versteckt und dann verbrannt, ein Versehen war das. Gestunken hat die ganze Wohnung. Die Katzen kamen ein paar Tage nicht mehr. Manchmal hat sie sich auch nicht umgezogen zur Nacht, ist einfach eingeschlafen im Schaukelstuhl, den Kopf vornübergebeugt und die Finger ineinander verschränkt. Als sie die Rente verbrannt hat, das hat Nina spitzgekriegt, sie musste sich etwas leihen und wollte dann was vom Sparbuch. «Wozu», hat sie geschrien, «wozu brauchst du etwas vom Sparbuch, wahrscheinlich für deine dreckigen Katzen?» Dann hat sie gesagt, es sei genug. Genug hieß, sie musste in die Stadt. Gepackt hat sie nicht selbst, das hat Nina gemacht. Wütend, wie sie meistens war. Sie hat gepackt, was sie für richtig hielt, die neue Mama für die eigene Mutter. Ein paar Kisten und einen Koffer, mehr hatte sie nicht mitgenommen, und nun steht das Zeug herum, nutzlos und kümmerlich auf dem blauen

Linoleum im Flur. Das Zimmer, in dem Tanja schon früher gelebt hatte, als sie Nina helfen musste mit den Kindern, wurde wieder ihr Zimmer. Die hohe Tür mit den milchigen Scheiben wurde aber nun vor ihrer Nase geschlossen und abgesperrt.

Kusja sitzt auf ihrem Schoß, und es regnet. Er hat sich leicht von ihr weggedreht, die Pfoten an sich herangezogen. Er atmet schnell. Sie hört den Regen ans Fenster prasseln. Die Zeit vergeht, ihre Zeit. Sie hört sie wegtropfen wie den Regen am Fenster. Die Familie hat sich aufgelöst, sie weiß nicht, wo ihre Enkelin und ihre Urenkelin jetzt leben. Sie weiß nicht, wer die Katzen füttert. Die Bretter ihres Hauses sind wohl auseinandergerissen und verteilt worden auf Schuppen und Klohäuschen. Die Zeit vergeht bald ohne sie. Nur noch dieser Tag und der nächste, vielleicht noch eine Woche, hierbleiben, den Kater auf dem Schoß, der auch nichts anderes tun muss, als mit ihr hier zu sitzen und ein wenig zu schnurren, manchmal. Sein rotes Fell ist immer noch schön. Er altert kaum. Ihre Hände, die so viel gearbeitet haben, sind rau und faltig. Niemand braucht sie mehr. Nina wird ihr das Essen am Abend bringen und sie waschen.

Nina war ein hübsches Kind. Mandelaugen hatte sie und eine scharfe Kontur um den Mund. Ihr Haar war fest und glänzend, und morgens flocht ihr Tanja stramme schwarze Zöpfe. Sie hat für die Soldaten getanzt, und einmal, da kam eine Frau zu Tanja und hat gesagt, sie würde Nina gern mitnehmen in die Stadt. Sie hat ihr ein Blatt gezeigt und gesagt, das sei ein Aufnahmeformular für eine musikalische Schule. Lesen konnte Tanja nicht, aber genickt hat sie. «Ich kann sie ja nicht gehen lassen», hat sie gesagt, «Nina arbeitet mit mir. Sie wäscht Fußböden, ich brauche sie, sie ist mein Kind.» Auf sie eingeredet hat die Frau, Nina würde später Geld verdienen, sie könne es ihr dann schicken, später. Später, wann soll das sein, dieses Später? Sie hat sie nicht gehen lassen in die große Stadt mit dieser fremden Frau. Ein Kind kann helfen. Ein Kind muss helfen. Was für Spinnereien, in die Stadt, das wollte sie nicht. Das hat Nina ihrer Mutter nicht verziehen. Das kann die alte Frau in den Augen ihrer Tochter sehen. Das trägt sie ihr nach. Der wird nicht leer, der Zorn in Ninas Augen.

Der Kater schnurrt, der Regen hört nicht auf, trommelt leise auf das Dach. Sie hört ihn aus der dicken Regenrinne auf den Asphalt laufen. Sie sieht die bunten Regenschirme die Pionerskaja entlangspazieren. Sie geht nicht mehr raus. Sie will auch gar nicht. Immer hat sie mit dem Regen gekämpft. Mal kam er nicht, und sie musste selbst gießen, Wasser schleppen aus dem Brunnen, wenn die Tonne leer war, mal musste sie die Beete abdecken. Einen eigenen Kopf hat der Regen, sie weiß nicht, was er denkt. Aber jetzt ist er draußen, und Kusja und sie sind drinnen. Niemand stört.

Jetzt hat er den Kopf abgelegt, das rote Tier mit der Tigerzeichnung. Mischa, ihr Enkel, hat den Kater in einem Wohnheim gefunden. So klein war er, dass er nicht wusste, wie man Milch trinkt. Mischa hat ihm ein Schüsselchen auf den Tisch gestellt und ihn davorgesetzt, und das kleine Tier hat den ganzen Kopf hineingelegt. Es wusste nicht, was man anstellt mit so einem Schüsselchen Milch. Da hat Nina eine Mullbinde geholt und eine Zitze daraus gemacht, sie hat die Zitze in die Milch getunkt und hat das Kätzchen so gefüttert.

Jetzt hört Tanja den Schlüssel im Schloss. Erst öffnet Nina die eine Tür, dann die zweite. Sie stellt ihre Schuhe im Vorraum ab und hängt den Mantel auf. Sie nimmt die Mütze ab und legt ihr Haar. Zur Tür, hinter der die Mutter wartet, sieht sie nicht. Sie geht erst in die Küche und stellt die Einkäufe auf den Tisch, sie weiß, dass ihre Mutter mit den nassen Windeln sie hört, aber nach sechs Stunden im Kindergarten können die Windeln der alten Frau noch warten. Tanja steht auf und geht langsam auf die Tür zu. Steht da, ganz dicht an der milchigen Scheibe, und starrt hinaus. Der Kater streicht ihr um die Beine.

Dann kommt Nina herüber und dreht den Schlüssel zu dem kleinen Zimmer, wo die Alte steht. Erst kommt der Kater heraus, streicht auch ihr um die Beine und läuft mit ihr in die Küche, und dann hört sie die schlurfenden Schritte der Alten auf dem blauen Linoleum den Flur entlang bis zur Küche. Auf der weiß-blau karierten Plastiktischdecke steht schon der Teller mit der Kohlsuppe, und das Stück Brot liegt daneben.

Die Alte hat nur noch einen Zahn, den Eckzahn rechts unten, da braucht es seine Zeit, das Brot weich zu kauen. Sie taucht den Kanten in die Suppe mit ihren großen, schweren Fingern. Die immer noch festen Nägel waren nie zum Lackieren gedacht. Sie haben gepult und durchtrennt, gekratzt und umgegraben. Wenn Tanja fertig ist, steht sie auf und stellt den Teller in die Spüle. Bleibt noch einen Augenblick stehen und sagt dann «Danke, Mama» zu ihrem eigenen Kind.

Streichholzschachteln

Der Eingang sieht noch so aus wie damals, als er ein Kind war. Die Stufen sind schief, und die Steine haben sich noch mehr ineinander verkantet und sind auseinandergedriftet wie Zähne, die niemand in eine Form gefügt hat. Nur die Tür ist erneuert worden, die Eingangstür. Den Spielplatz vor dem Haus gibt es noch, wie ein klapperdürres Pferdeskelett stehen die Reste im Hof und erfreuen kein Kind mehr. Die Farben sind dieselben, inzwischen ist er über fünfzig, aber als er ein Kind war, hat er hier gesessen, auf der Schaukel, die nicht mehr im Hof hängt. Dieselben Farben, abgeblättertes Rot, Blau und Gelb.

Auch das rote Backsteinhaus sieht noch so aus wie vor fast fünfzig Jahren. Es hat sich hier im Hof nichts getan, während der Sozialismus vorbeizog und ein Kapitalismus für die oberen Zehntausend kam, und trotzdem bleiben die Stufen dieselben. Niemand ringt sich dazu durch, sie zu reparieren, egal, welches Herrschaftssystem oder Wirtschaftssystem gerade über Mischa hinwegrollt. Möglich, dass ebendiese Steinzähne das dumpfe Gefühl der Gleichgültigkeit erzeugen, denn die Stufen, auf die er mit seinen Füßen tritt, bleiben immer dieselben, obwohl die Frau im Fernsehen, die die Nachrichten vorliest, scheinbar eine andere Meinung dazu hat und regelmäßig eine neue Weltordnung verkündet.

Mischa hat das Land verlassen, ist nach sieben Jahren zurückgekehrt, und die Stufen zu seiner Eingangstür bleiben dieselben. Die Stufen, die sich Millimeter für Millimeter zu einem immer hämischer werdenden Lächeln verziehen. Wie viele Generationen werden nach ihm über sie zur Haustür hinaufsteigen? Wann entscheidet sich jemand, diese Steinstufen zu zerschlagen? Es sind ja bloß fünf Stufen bis zur schweren Eisentür, die jetzt ein Sicherheitsschloss hat. Das immerhin ist eine Neuerung. Ein modernes Piepsen zeugt von einer Veränderung, die Mischas Füße nicht kennen. Er betritt das Treppenhaus. Das Geländer ist noch immer grün, aber ein neues Grün, kein sozialistisches, dazu hat sich dann doch jemand durchgerungen, ein frisches, helleres Grün. Er steigt die Treppe hoch so wie die letzten fünfzig Jahre, früher ist er diese Treppenstufen hochgerannt, jetzt steigt er eine nach der anderen, und das Treppenhaus ist größer, als es ihm in seiner Kindheit erschien. Es gibt eine Zeit, wo die Dinge einem groß vorkommen, dann werden sie klein und schließlich wieder groß, wenn die Knie einem die Langsamkeit aufzwingen, die man früher belächelt hat. Mischa öffnet seine Eingangstür. Er schaut sich kurz im Spiegel an und nimmt die Mütze ab. Die Haare sind auch nicht mehr dort, wo sie einmal waren.

Er streicht über ihre Abwesenheit und geht in die Wohnung, durch den Flur mit dem blauen Linoleum.

In dieser Wohnung ist er aufgewachsen, und in dieser Wohnung wird er höchstwahrscheinlich auch sterben. Drei Zimmer, siebzig Quadratmeter. Der Eingang besteht aus zwei Türen hintereinander, dicht an dicht, die zweite gepolstert wie ein Sofa aus Angst vor Einbrechern. Ein kleiner Raum, wo die Schuhe abgestellt werden, mit einem großen Spiegel, dann ein Flur mit einem Telefon.

In Mischas Kindheit war dieses Telefon ein ständiger Anstoß öffentlichen Ärgernisses. Meistens war es Mischa, der seinen besten Freund anrief, um mit ihm über das Telefon Gitarrespielen zu üben, und die anderen Bewohner der Wohnung 66 hämmerten Sturm an der Tür der Vorratskammer, in der er sich samt Telefon und Gitarre versteckte. Innerhalb der Wohnung gab es damals zahlreiche Bewerber für das Telefon. Auf den siebzig Quadratmetern lebten Nina, Mischas Mutter, seine Großmutter Tanja, seine Schwester Lena, ihre kleine Tochter, eine Katze und ein Kanarienvogel.

Der blaue Linoleumflur schlängelt sich nach rechts, und dort findet man ein Bad und direkt daneben eine Toilette. Am Ende des Flurs ist die Küche, das Herzstück der Wohnung, Herberge für alle erdenklichen Aktivitäten von Kochen über Bügeln, Streiten, Singen bis Gedichte-Rezitieren. Nach links führt der Flur zu einem kleinen Zimmer, ein Viereck mit hohen Fenstern und einer dunkelbraun lackierten Vitrine, gefüllt mit den vielen Porzellanfigürchen, die Nina sammelt.

Der nächste Raum ist ein Zimmer mit Fischgrätenparkett und einem Schaukelstuhl. Das letzte Zimmer ist ein vollgestellter Schlafraum mit einem winzigen Fenster und wenig Licht. Diese siebzig Quadratmeter sind Mischas Burg.

«Das ist alles, wozu dein Talent reicht, Streichholzschachteln entwerfen, mehr ist nicht drin, mehr kannst du nicht», das hat Nina zu Mischas Schwester Lena gesagt. So wie sie das oft gemacht hat. Köpfe abschlagen, Flügel abschneiden, das kann sie. Er hat seine Schwester damals verteidigt. Als kleiner Junge hat sich Mischa ein Holzschwert geschnitzt und ist im Wald vor seiner Schwester Lena hergelaufen und hat den Weg von den Halmen freigeschlagen. Der fünf Jahre jüngere Bruder krallte seine Finger um das Holzschwert und schlug nach rechts und links gegen die Brennnesseln und hohen Gräser aus. Das hat er später auch in Deutschland versucht. 1988 war Lena ausgewandert aus dem zerfallenden Land. Er musste seiner Schwester durch den Wald bis in dieses fremde Land folgen. Aber die Halme waren dort zäher, und sein kleines Holzschwert kam nicht an gegen die neuen Sitten.

Dort im Ausland gab es die erdrückende Selbstverständlichkeit der Unterschiede. Ganz so, als gebe es für jeden Menschen eine eigene Realität. Es gab dort ein T-Shirt für fünf Mark und eines für fünfhundert, ein Stück Käse für zwei Mark und eines für zwanzig. Aus einer unerschöpflichen Vielzahl an Dingen wählte der Mensch sich hier ein Sein gemäß seinem Einkommen, das sich so schwindelerregend unterschied von den Einkommen der anderen, dass Mischa sich keinen Reim darauf machen konnte. Die Menschen schienen ihm eingeteilt in Überlebens- oder Genussräume, in die sie hineingeboren wurden, hineinheirateten, sich hineinlogen, -stahlen oder -ackerten. Es gab etwas zu wagen, zu gewinnen und zu verlieren. Was er kannte, war ein gemeinsames Überleben. In Deutschland waren die Menschen damit beschäftigt, sich zu sortieren. Er sah Häuser, in denen alte Menschen lebten. Beunruhigende Häuser, die auf ihn wie eine Vorschule für den Friedhof wirkten. Als müsste man sich vorbereiten auf den Verfall, und als ginge das am besten, wenn man schon mal das, was man besaß, ablegte und sich von willkürlichem Personal die Tasse an den Mund führen ließ.

Er sah unzählige Variationen des Immergleichen, T-Shirts und Jeans an Männern und Frauen in einer unübersichtlichen Vielfalt an Nuancen. Kleinste Unterschiede in der Verarbeitung der Stoffe oder mühevoll hergestellte Alterungsprozesse an Kleidung ließen den Preis der Ware beachtlich in die Höhe schnellen. Verschleiß wurde beschleunigt, sichtbar gemacht und teuer bezahlt. Ganze Keller voller Kleidung, Schränke voller nach Farben sortierter Pullover. Schuhe wie Bücher an Wänden ausgestellt. Junge Menschen saßen in Cafés anstatt in der eigenen Küche. Sie reisten um die Welt und trugen eine Offenheit in ihren Gesichtern, die ihn schaudern ließ, während er selbst mit einer Nummer in der Hand auf Arbeitsamtfluren herumlungerte und versuchte, die Worte zu finden, die ihm nicht einfallen wollten in dieser fremden Sprache, um zu erklären, was er kann. Dicke Fragebogenstapel, die er nach Hause schleppte und ratlos auf dem Küchentisch ausbreitete, und das Schweigen eines erschrockenen Kindes, das sein Herz befiel.

Die westliche Lebensweise blieb für Mischa unlesbar. Er selbst nahm seinen Platz in Deutschland am Rande der Gesellschaft ein. Ein Zaungast, der ungläubig in des Nachbars Garten spähte. In einem Wohnblock in einer Hochhaussiedlung, im elften Stock, wo das Surren der Klimaanlage den Hausbewohnern den Schlaf raubte und der Hausmeister sich in allen Belangen taub stellte. In diesem Wohnblock züchtete er sich ein Bonsai-Russland. Eine vertraute Realität aus lauten Gesprächen, derben Witzen und selbst gekochten Speisen. Der Fernseher lief rund um die Uhr, und rund um die Uhr wurde in der Küche geschnippelt, gekocht und gebraten. Zu große Hunde in zu kleinen Wohnungen, die vor der Eingangstür saßen und von Befreiung träumten. Kisten mit Sneakers oder Plastiktüten voller Halstücher, weil jemand mit jemandem wieder ein Business startete und etwas verkaufte, was jemand anderes gehortet hatte, anderswo. Kinder, die wie festgekettet an ihren Computern saßen, schweißgebadet von ihrer Unbeweglichkeit, und mit ihrem kindlichen Fett in den Stuhl sanken. Frauen, die ihre Zähne zusammenbissen und die Bitternis ihres Alltags mit Schokoladenlikör herunterspülten. Das alles wäre leichter zu schultern gewesen, wenn man weniger Dostojewski gelesen und weniger sozialistische Spielfilme gesehen hätte, wo das Kommunale gefeiert und das Zurückstecken für das Wohl der Gemeinschaft gepriesen wurde, und wenn das Gedächtnis nicht so hartnäckig wiederkäuen würde. Eingepfercht in den Unmöglichkeiten des Außenstehenden, der die deutsche Sprache nicht verdauen kann, erlahmte Mischa nach sieben Jahren vergeblichen Strampelns, belud einen Kleintransporter mit Bosch-Waschmaschine und Ikea-Schrank und machte sich auf den Rückweg in die Heimat.

Mischa kehrte aus Deutschland zurück und räumte die Ikea-Möbel aus. Die Bosch-Waschmaschine wurde nach Wassiljewo gekarrt, zusammen mit dem Schaukelstuhl und Nina, die in die Wohnung ihrer Mutter auf dem Land ausgelagert wurde. Die Stadt ist nichts für Alte. Mischa bezog mit den Überbleibseln seines westlichen Ausflugs seine alte Realität, seine Kindheitswohnung, seinen Altersruhesitz, seine Burg. Auch hier wurde ein Schäferhund angeschafft auf den siebzig Quadratmetern, der auf dem blauen Linoleum lungert und von besseren Zeiten träumt. Auch hier wird laut gesprochen und laut gelacht, der Fernseher läuft ständig, und in der Küche brutzelt immer etwas. Aber hier ist man erlöst von den Unterschieden. Man muss nicht sehen, wie andere leben oder dass sie mehr haben. Denn die, die mehr haben, sind gut versteckt hinter Mauern und Zäunen oder womöglich im Ausland, und eine trügerische Gemeinsamkeit hüllt Mischas Träume in die Trägheit der kartenspielend am Computer verbrachten Abende.

Alle paar Wochen oder manchmal auch öfter zeigt

das russische Fernsehen die alten Filme. Sie tragen klangvolle Namen in strahlendem Schwarz-Weiß: «Die Vorsitzende», «Die Freiwilligen» oder «Eine einfache Geschichte» heißen sie. Sie erzählen von einem ausgeträumten Traum, den Mischa hartnäckig auf seinen siebzig Quadratmetern weiterlebt und verteidigt: ohne Unterschied sein.

Mitbringsel aus dem Prothesenwerk

Als Slawa damals bei ihnen auftaucht, ist Mischa dreizehn. Ninas Mitbringsel aus dem Prothesenwerk, nennt er ihn. Nina hat Slawa bei der Arbeit kennengelernt. Ihm fehlen ein Fuß und der halbe Unterschenkel. Eines Abends, als sie müde von der Arbeit nach Hause gehen wollte, stand er da mit einer Zigarette im Mundwinkel und grinste sie an. «Darf ich Ihre Tasche tragen, Nina Nikolaijewna?» So was fragt man einander eigentlich in der dritten Klasse, aber warum auch nicht, soll er ihr die Tasche tragen, der Einbeinige.

Sie ist vierzig und er vierundzwanzig. Er studiert Architektur und zieht bei Nina ein. Der neue Papa. Wie sollte das gehen, der Junge ist dreizehn, das Mädchen achtzehn und er, der Papa, vierundzwanzig? Eine Familie von Unausgewachsenen und sie, Nina, die Mutter für alle drei. Wie sie plötzlich kichert mit ihm, hübsch zurechtgemacht, und da lacht sie auch schon am Morgen. «Nina, Ninotschka», schnattert es aus der Küche, und anschließend wird die ganze Wohnung umgebaut. Mischa teilt sein Zimmer mit der Großmutter. Slawa und Nina haben das Zimmer mit dem kleinen Fenster für sich, und Mischas Schwester Lena muss auf einer Pritsche im Wohnzimmer schlafen. In der Küche wird ein Regal aufgehängt, auf dem haben Lenas Bücher ihren Platz und die Kakerlaken, die einen Ausflug machen durch das Loch in der Wand, um sich in der Nachbarwohnung umzusehen. In der Wohnung ist Slawa, der Kinderpapa, meistens ohne Prothese unterwegs. Er hüpft um Nina herum und auf Mischas Nerven. Der Junge hat einen Vater, der ist genug, nur ist er ausgemustert und ausradiert.

Überall geht Slawa Nina zur Hand, zieht sich die Prothese an und marschiert mit ihr durch die Stadt, zum Einkaufen und zu Freunden, holt sie von der Arbeit ab, trägt ihr die Taschen. Ein hübscher Kerl ist er schon, dieser Slawa, heiter, rothaarig, mit Sommersprossen im Gesicht und auf den Schultern. Er trägt sein Haar halblang und lässt sich krause orangefarbene Koteletten stehen, und helle Farben mag er, rosa Hemd, beige Hose, ein schmucker Einbeiniger. Wenn er nach Hause kommt, schnürt er sich als Erstes sein Bein ab. Die dicken Riemen an dem schweren Holzfuß schneiden ins Fleisch, er schwitzt stark, wo die Prothese ans Bein gefügt ist, und manchmal mischt sich etwas Blut zum Schweiß. Er legt die Prothese ab, lässt aber die Tagessocke auf ihr drauf und lehnt die Prothese an die Wand. So hat die Prothese dort zu stehen, sein falscher Fuß mit Socke, den Rest des Tages, falls Slawa nicht mehr auf die Straße geht. Die linken Socken bleiben also fast makellos, während die rechten mit der Zeit verschleißen. Die linken Socken sind geschützt vor zu langen Zehennägeln, Schweiß, scheuernden Schuhen und Fußfehlstellungen. Sie stehen die ganze Nacht in der Dunkelheit und lassen die Prothese lebendig erscheinen. Wenn Mischa nachts über das blaue Linoleum zum Pinkeln schleicht, ist ihm, als ginge der Fuß ihm nach. Missmutig beobachtet der Junge diesen heiteren jungen Mann, der seine Mutter ständig zum Lachen bringt. Er wendet den Blick ab, wenn er an ihm vorbeigeht, während Slawa immer ein Lächeln für ihn hat. Ansteckend ist sie schon, die Heiterkeit des Einbeinigen.

Slawas größte Leidenschaft und die Quelle seiner Heiterkeit ist die Kartoffel. Er findet unzählige Formen der Zubereitung, während er versucht, sich im Sattel zu halten und Nina ein Gefährte zu sein. Die einfachste und beglückendste Art, Kartoffeln zu kochen, ist die Pellkartoffel. Ein großer Topf wird fast bis zur Hälfte mit frischen Knollen gefüllt, die in Salzwasser gekocht werden, abgegossen und dann mitsamt dem Topf auf den Tisch gestellt. Dazu gibt es ein Stück Butter, mehr nicht. Dann gibt es die Geriebene, die zu Kartoffelpuffern verarbeitet wird, und die Königsdisziplin, die Bratkartoffel. In einer großen Gusseisenpfanne werden die Kartoffeln auf der niedrigsten Wärmestufe durch die verschiedenen Bräunungsgrade manövriert. Manchmal gönnt Slawa sich eine Unterbrechung, lässt die Kartoffeln ruhen und hüpft auf den Balkon, um dort eine Zigarette zu rauchen. Wenn er fertig ist, erwärmt er das Sonnenblumenöl ein weiteres Mal und bringt sein Werk zu Ende. Immer wieder durchstreift

Slawa die Wohnung auf der Suche nach kleinen Aufgaben. Mal stellt er ein umgefallenes Buch auf oder entfernt ein paar Spinnweben, mal kontrolliert er die Mehlpackungen auf Ungezieferbefall oder füllt unbemerkt den einen oder anderen Vorrat auf. Vorsichtig und unauffällig baut er sich in den Familienalltag hinein.

Die Familie besucht sogar Slawas Eltern in Minsk. Diese scheuen, warmherzigen alten Menschen wundern sich nicht über die fast zwanzig Jahre ältere Frau mit den zwei erwachsenen Kindern, die der Sohn mitbringt, sie stellen nur einen großen Topf mit dampfenden Kartoffeln und einem Stück Butter auf den Tisch. Slawa lädt die Familie zu Sonntagspaziergängen ein. In den Parks wird am Nachmittag Musik gespielt, für alle. Schostakowitsch dröhnt durch die Alleen, und mit einem Eis in der Hand versucht Slawa höfliche Fragen zu stellen. Mischa gibt einsilbige Antworten, während Lena ihren Frieden findet mit dem Kinderpapa. Abends raucht sie mit ihm auf dem Balkon heimlich eine Zigarette und plaudert über das Studium und ihre Zukunftspläne. Ein plätschernder Alltag voller Dankbarkeit. Denn Nina hat den einbeinigen Slawa wie einen Straßenhund bei sich aufgenommen und aufgepäppelt, mit Worten und gutem Essen, Zärtlichkeiten und Medikamenten, und Slawa dankt es ihr wie ein Hund mit Treue und Ergebenheit.

Was die Nachbarn dazu zu sagen haben, kann man sich denken, ein Vierundzwanzigjähriger und eine Vierzigjährige. Eine köstliche Mundzerreißerei. Über die Jahre zermürbt das Gewisper hinter den Wänden Ninas Gedanken, und sie setzt sich in den Kopf, er, der junge Mann, bräuchte Kinder, eigene. Er sagt, nein, er bräuchte keine Kinder, ihre Kinder seien ihm genug, er sei glücklich mit ihr, wie sie ist.

Eines Nachmittags kommt Lena aus der Uni und fragt die Mutter, wo denn Slawa sei, und Nina sagt mit einem bitteren Lächeln: «Slawa gibt es nicht mehr.» Weiter nichts. Gründe werden nicht genannt. Er ist verschwunden. Weggeschickt.

Jahrzehnte später, als Lena schon längst in Deutschland lebt, bekommt sie einen Anruf. Eine zarte, leise, alte Männerstimme stammelt, er sei es, Slawa. Er sei auf der Suche nach Nina, er wolle sie noch einmal sehen. Nur noch einmal mit ihr sprechen, bevor man von dieser Welt geht. Lena ruft ihre Mutter an und fragt, ob sie mit Slawa sprechen möchte. Auf der anderen Seite der Leitung hört sie ein Schweigen. Dann atmet Nina lang aus und sagt ein kurzes, hartes «Nein».

Herzinfarkt

Wach auf, steh auf, Lena», sagt sie leise, «zieh dich an.» Das fahle Licht fällt durchs Fenster, es ist gegen halb vier, und ihre Tochter fragt, warum. «Das erzähle ich dir auf dem Weg, zieh dich an und nimm die Kleine mit.» Sie ziehen sich hastig an, und auch das zwei Monate alte Baby wird gewickelt und in den Kinderwagen gelegt. Dann auf die Straße, die leer ist, keine Straßenbahnen, kaum Autos. Sie laufen direkt auf der Fahrbahn, biegen um Ecken, hetzen durch die halbe Stadt, bis Lena wieder fragt, warum. «Der Vater hatte einen Herzinfarkt», sagt Nina und läuft weiter, stumm.

Die Stadt ist grau, das Licht ist grau, und als sie schweißgebadet nach einer Stunde Lauf das Krankenzimmer betreten, liegt Jura dort im Bett, klein und grau. Lena sieht nur die Augen, die aus diesem verwundeten Körper herausschauen, müde und einsam, kraftlos und weich. Er ist froh, sie zu sehen, Nina, seine Frau, die er verloren hatte an Streitigkeiten um Geld und Stolz, und Lena, seine Tochter, die nun näher kommt und ihn ansieht, und weich ist sein Blick, und er sagt einen Satz. «Ich will nach Hause», sagt er.

Ja, wir gehen nach Hause, endlich nach Hause. Warum bist du auch fort, warum haben wir unsere Familie achtlos zerrissen, warum keinen Weg gefunden, warum gestritten, geschrien und ausgeteilt?

Da geht die Tür auf, und die neue Frau, die andere, kommt in den Raum.

Nur ein paar Minuten Möglichkeit und Ausweg. «Raus», sagt die andere, «verlassen Sie das Krankenzimmer!» Die letzten Jahre hatte Nina das selbst oft gesagt: «Raus!» Jetzt hört sie dieses Wort aus dem Mund der anderen. Nun ist nach Hause zu gehen nicht mehr möglich, kantig steht der Stolz im Raum, gekränkt.

Jura, der Mann, aber liegt nur da, grau, als würde die Farbe den Körper verlassen, wie eine Idee ihren Sinn verliert. Die andere steht im Raum, breitbeinig. Sie hat nicht Ninas Kirschlippen, nicht ihre schlanken Fesseln oder die Glockenschärfe ihres hochmütigen Lachens. Aber die andere greift nicht an, sie teilt nicht aus. Sie kann stillhalten, und auch wenn sie nicht genügt, wird sie die Wohnung aussitzen für das eigene Kind. Das ist die Logik der Armut. Die Wahl treffen ab einem bestimmten Alter die Wohnfläche, die Waschmaschine und der Vorrat an tristem Goldschmuck, und wenn die Knie nicht mehr tragen und die Zähne gezogen werden und man nachts zum Pinkeln aufsteht, bekommt das Lieben den Beigeschmack des Überlebenmüssens.

So steht sie da, die andere, blond gefärbt, billig und zäh, und Nina geht, wie sie es oft tut, aus Zimmern und Häusern, weil die Glut in ihren Hüften noch brennt, und sie beißt ihre goldenen Zähnchen fest aufeinander.

Sie liebt diesen Mann, Jura, ganz einfach, sie liebt ihn. Sie liebt ihn für die Sanftmut, die sie verachtet, und die Wärme, mit der sie konkurriert in ihrer Kälte. Sie wird später sagen: «Wenn er jetzt käme, zur Tür herein, ich würde ihn reinlassen.» Aber da ist er schon lange tot.

Der Lauf durch die menschenleere Stadt, wie lange hat er gedauert, eine Stunde, mehr? Vorbei am Sibirischen Viertel, entlang der Straßenbahnlinie, an der Jaroschowstraße vorbei, vorbei am Friedhof und am Gorkipark. Immer weiter bis zum Platz der Freiheit, vorbei an der Oper, in die Karl-Marx-Straße hinein. Das Licht begann sich zwischen den Häusern hindurchzuschieben, als sie das Krankenhaus erreichten. Er braucht sie jetzt, das wissen sie. Endlich sind Mutter und Tochter und Enkeltochter zu ihm gerannt, endlich einen Grund in der Hand, ihn anzusehen ohne Groll. Das kann ein Herzinfarkt.

Was hat Nina alles gedacht im Laufen? Die Jahre in der kleinen Wohnung, als Lena kam, da ging sie noch zur Universität. Er selbst hatte mehrere Studien abgebrochen und ging arbeiten ohne Hochschulabschluss. Für das Kind oder die Ausrede Kind. Sie hatte ihre Mutter bei sich einquartiert. Die sollte ausgleichen und übernehmen, die kleine Lena hüten. Denn nun wollte Nina studieren, Medizinerin werden. Er saß im Flur der Hochschule mit der Tochter, der junge Mann mit seinem kleinen schreienden Vorwurf auf dem Schoß. Sie hörte es durch die verschlossene Tür. Wenn sie es nicht mehr aushielt, ging sie raus auf den Flur, stillen. Das war kein Zustand. Wer studiert, du oder ich? Du, der Mann, oder ich, die Frau? Wenn ich, der Mann, nicht studiere, dann studierst auch du, die Frau, nicht.

Schon stand er im Raum, der Vorwurf, und fraß sich fest und blieb dort stehen über die Jahre. Er sollte nicht allein bleiben, denn wer sich erst daran gewöhnt hat, Schuld in Schuhe zu schieben, wird den Vorwurf nähren, Tag für Tag. Der Vorwurf neigt zur Verwandlung. Er verkleidet sich gern, tarnt sich als Eifersucht oder Ungeduld und sucht sich bunte neue Zielscheiben für den Zorn. Na, soll ich etwas kaufen für das Geld, das du noch nicht verdient hast? Die Wut eines an den Zaun gebundenen Köters mit abgewetzten Krallen. So hat sie sich gerächt für das Nicht-studieren-Dürfen, Tag für Tag, mit Misstrauen und kurzen kalten Blicken, ein Wohnzimmerkrieg, der scheinbar bei Laune hält, wenn das Leben daraus besteht, Medikamente zu spritzen, statt sie zu verschreiben. Diese gelblich braune Eitelkeit, dieser eine Schritt weiter, den sie nicht gehen darf.

Im Laufen durch die menschenleere Stadt erinnert sie sich, wie er seine Jungs eingeladen hat zum Kartenspielen. Weich, für sie so unerreichbar weich, klang seine Stimme. Wie er da leise scherzte im Wohnzimmer, und sie, in der Küche, lauschte, blass. Sie lauschte, wie die Männer lachten, übers Fischen redeten und über Motorräder und Autos, und in ihr nagte der Neid, und wenn sie es nicht mehr aushielt, dann ging sie ins Zimmer. Sie sagte kein Wort, sie nahm eine Flasche vom Tisch und zerschlug sie an der Wand. Sie ging aus dem Zimmer und saß wieder in der Küche und hörte ihn weich und warm erklären und um Entschuldigung bitten, und sie hörte die Tür und wie die Männer die Wohnung verließen. Klack, die Tür fiel ins Schloss, Schritte auf dem Parkett, er setzte sich, und sie hörte, wie er dasaß, und sie saß in der Küche, und weder sie noch er würde den Flur durchqueren, um in das andere Zimmer zu gehen.

Wieder wurde sie für ihn ein Stückchen weniger Fleisch, das ihn anmacht, und ein Stückchen mehr Fleisch, das ihn anwidert. Er konnte so leise zuschlagen. Sie konnte das nicht. Sie musste immer Lärm machen, schreien, schlagen, wüten. Seine Gewalt war leise, sein Abwenden zärtlich. Sie liebte ihn dann, wenn er so war, aber zeigen konnte sie ihm das nicht, und er liebte ihre Kraft, diesen Funken in ihren Augen, dieses von Panik getriebene Herz, das er in seinen Händen hielt. Wo legt man das ab, so ein Herz, wann erholt man sich von dieser ständigen Glut? Wo kühlt man die verbrannten Fingerkuppen?

Lena hielt es irgendwann nicht mehr aus, die Streitigkeiten der Eltern und das «Ich verlasse dich» der Mutter, und schlug vor, selbst die Scheidungspapiere zum Amt zu bringen. Diese Siebzehnjährige, wie sie da im Gerichtsgebäude stand: «Entschuldigen Sie, ich möchte die Scheidungspapiere meiner Eltern einreichen.» – «Warum du?» – «Sie schaffen es nicht selbst.»

Wie lange hatten die beiden da schon gegenseitig ihre nackten Körper nicht mehr gesehen? Sein Körper, den er mit den Jahren mehr und mehr mit Essen vollgestopft hat, mit Butter, Mehl und Eiern. Ein paar

Stunden nach dem Essen hörte Nina schon wieder die Topfdeckel in der Küche klappern. Mal ging sie rüber und ermahnte ihn, mal blieb sie im Zimmer und schluckte den Zorn. Sie wiederum legte Geld zurück, hier ein wenig und da ein bisschen, das knappe Geld, und plötzlich kaufte sie sich dann einen Hut oder ein Täschchen, einen neuen hohen Schuh, um ihre festen Waden und schmalen Knöchel vor seinen Augen spazieren zu führen. Trotzige Schritte auf der Stelle, immer denselben Flur entlang auf dem blauen Linoleum.

Schließlich waren sie endgültig zwei Lager, die beiden Kinder eher auf seiner Seite, auch das hat ihr eine Falte zwischen die Augenbrauen getrieben, aber das Lächeln, dieses schelmische, unverwüstliche Lächeln, verließ ihre Lippen nicht. Dieses Lächeln ist auch auf ihren Lippen, als sie aus dem Krankenzimmer geht und ihn mit der anderen zurücklässt. Ein kurzer Triumph, der bald bitter wird.

Vielleicht hatte sie begonnen, ihn sogar zu genießen, diesen Wohnzimmerkrieg. Diese graue Krankheit und das Tauziehen, je lauter du wirst, desto leiser werde ich. Dieser eigenartige Respekt vor der Ausdauer des anderen, vielleicht sogar Neugierde, wann reißt deine Geduld, und wann reißen meine Stimmbänder? Ein Horizont ohne Einigung war dieser Alltag auf siebzig Quadratmetern. Ein Parcours aus Schritten der Vermeidung. Wann kommt Nina nach Hause, um Jura nicht zu begegnen, wann geht sie zu spät oder zu früh, und welche Unverschämtheit hat sie sich noch nicht geleistet vor seinen Jungs?

Hatte sie an diesem Tag einfach den Wetterbericht gelesen, oder hatte sie es gerochen in der Luft, die durch die offene Balkontür hereingeweht kam? Sie schritt geräuschvoll ins Zimmer, wo die Männer packten, um zum Fischen zu fahren. «Wo willst du hin?», fragte sie. «Fischen», war die knappe Antwort. Eigentlich hatte sie ihn doch gebeten, Lena zu übernehmen, eigentlich war doch alles besprochen und abgemacht, also übersprang sie den Vorwurf und ging gleich zum Fluch über: «Ein Sturm soll über euch kommen, der so stark ist, dass ihr um euer Leben fürchten müsst, der euer Boot auseinandernimmt, dass ihr es kaum heil ans Ufer schafft.» So klang das kleine Zimmerschauspiel am späten Nachmittag, gewürzt mit antiker Geste, und scharf drehte sie sich auf ihren Hausschühchen um und verließ das Zimmer. Was noch blieb, war, zu kichern und weiter das Zeug zum Fischen zusammenzupacken, und die kleine Lena würde dann eben mitkommen.

Das Mädchen wird sich später erinnern, wie die Sonne über dem See plötzlich erlosch. Ein Wind kam auf, fast aus dem Nichts, und trieb die Wolken rasend über den Himmel, und ein Sturm zog auf. Die Männer hatten noch kurz davor gelacht, Nina und ihre Hexensprüche. Aber der Sturm war so heftig, dass das Wasser ins Boot schwappte und die Kleine festgeklammert mit vor Anstrengung weißen Knöcheln an irgendeinem Arm hing und die Augen zusammenkniff, bis es vorüber war. Mit Tassen und Flaschen schöpften sie verzweifelt das Wasser aus dem Boot und fluchten zurück. «Nina! Nina! Die Hexe!»

Später, im Alter, allein im Schaukelstuhl, wird sie daran denken, wie er sie angesehen hat, als er sagte: «Nina, ich will nach Hause.» Aber jetzt marschiert sie zufrieden aus dem Krankenhaus, sie hat sich nicht gebeugt, sie hat ihren Stolz, und so geht sie nach Hause, und dort wird sie auch mit ihm am Tisch sitzen und nur mit ihm, dem Stolz.

Haare bis zum Boden

Mamaaaaaa», schallt es entnervt durch die Wohnung. Sie hat wieder jemanden mitgebracht, diesmal ein krebskrankes Mädchen aus dem Prothesenwerk. Nina konnte nicht zusehen, wie das junge Mädchen inmitten der alten Invaliden verenden musste, also hat sie die Siebzehnjährige mit nach Hause gebracht und sie bei sich einquartiert. Das ein oder andere Medikament hat sie da, das ein oder andere stiehlt sie aus dem Prothesenwerk. Wieder wird umgeräumt. Eine Pritsche wird aufgestellt, ein Regal geleert und etwas Platz im Schrank gemacht, und die eigenen Kinder verdonnert Nina zur Sterbebegleitung.

Lena freundet sich zaghaft mit dem sanften Mädchen an. Besonders gefallen Lena ihre Haare, lange dunkle Haare, die ihr über den Rücken fallen und die sie abends ausgiebig kämmt. Ein weicher, dunkler Teppich, der das Mädchen rahmt, wenn es gedankenverloren auf dem Sofa sitzt und sein Haar entwirrt. So lebendig sind die Haare, sie scheinen das Leben zu verbrauchen, das langsam aus dem Rest ihres Körpers entweicht. Sie hat bereits das ganze rechte Bein verloren, andere Körperteile werden folgen. Manchmal scheint es Lena, als würde sie vor ihren Augen ganz langsam verschwinden.

Lena und das Mädchen unterhalten sich oft. Sie setzen sich auf den Balkon, auf die niedrigen Plastikschemel, und erzählen einander ihre Pläne. Das Mädchen möchte Sprachen studieren und Lehrerin werden. In dem feinen Gesicht mit dem runden Mund brennen die Augen. Lena hört staunend zu, wie dieser sterbenskranke Körper voller Zuversicht und Neugierde in die Zukunft blickt. Sie beobachtet das Mädchen manchmal unbemerkt, wie es langsam eine Straße entlanggeht oder in der Tram sitzt. Wenn sie das Mädchen dann still in der Ecke des Wohnzimmers in ein Buch vertieft findet, scheint es Lena, als säße es hinter einer Glasscheibe, weggerückt von den Lebenden.

Schließlich muss das Mädchen zurück ins Krankenhaus. Der Körper wird immer zarter. Lena besucht sie dort nach der Schule und hört weiter staunend den Plänen zu, die sie macht. Bei einem der Besuche bemerkt Lena Beulen unter der Haut des Mädchens. Als wäre sie von einem fremden Wesen bewohnt, wölbt sich die Haut unter der Spannung der Gewächse. Die Augen aber brennen unverändert.

Als Lena eines Nachmittags zu Besuch kommt, liegt sie nicht in ihrem Bett. Sie fragt die Krankenschwester und erfährt, dass das Mädchen verstorben ist und schon in der Leichenhalle. Lena läuft los. Die Leichenhalle befindet sich in einem Gebäude, das gelb angestrichen ist, ein viereckiger Raum, der in der Mitte des

Hofes steht wie übrig geblieben. Lena umrundet das gelbe Gebäude einige Male. Es ist ein sonniger Herbstnachmittag, die bunten Blätter rahmen das Häuschen, um das Lena herumhastet, ohne zu wissen, warum. Da sieht sie, dass ein Fenster gekippt ist. Es hat eine Fensterbank, breit genug, um Lena zu tragen. Sie klettert hoch und hält sich am geöffneten Fenster fest.

Das strahlende Sonnenlicht ergießt sich in den Raum, in dem eine Bahre steht, und auf dieser Bahre liegt das Mädchen. Der Körper ist zugedeckt mit einem Laken, und der Sonnenstrahl, der durch das Fenster kommt, trifft den Kopf, der entblößt ist. Ein stiller, gelöster Kopf, weich und gelassen. Die Haut hat sich zusammengezogen und das Profil des Mädchens sorgfältig und präzise in den Raum gezeichnet. Das Haar ist offen, und es fällt die Bahre hinab bis auf den Boden, und in ihm spielt das Licht. Das gleißende Herbstlicht spielt in dem unbewohnten Haar. Lena starrt lange und genießt dieses Bild wie eine verlassene Landschaft.

Ein russischer Körper

Lena hat sich Lockenwickler in die Haare gedreht, die großen bunten, und das Haar sorgfältig geföhnt. Einen dunkelblauen Lidschatten großzügig aufgetragen, dazu tiefrote Lippen, und sie trägt das Kleid, das beste, das sie hat, tailliert mit kleinen Raffungen, bordeauxfarbenen Blumen und blauen Blättern, selbst genäht. Dazu Nylons und hochhackige Schuhe für ihren ersten Gang ins Prothesenwerk.

Einige Monate hat sich Nina stillschweigend das Gejammer ihrer Tochter angehört. Ihre Beine seien zu dick, sagte die junge Frau, ihre Brüste zu klein, ihr Hals zu kurz, ihr Haar zu dünn. Diese Sticheleien gegen das eigene Fleisch bekommt sie regelmäßig von Lena zu hören, aber Nina verkneift sich jedes Mal einen Kommentar. Dann, eines Nachmittags, als Lena nach Hause kommt, findet sie auf ihrem Schreibtisch ein Blatt Papier mit einem offiziellen Stempel und Ninas Unterschrift. Es ist ein Arbeitsvertrag mit dem Prothesenwerk, sechs Monate Bein- und Armstümpfe waschen gegen die Unzufriedenheit. Das ist ein Korrektiv nach Ninas Geschmack.

Also macht sich Lena trotzig herausgeputzt auf den Weg ins Prothesenwerk. Auf der Straße wird ihr hin und wieder nachgepfiffen, oder jemand ruft ihr ein Kompliment hinterher, und auch das ist ein wirksames Trostpflaster gegen die Unzufriedenheit, wirksamer aber werden die sechs Monate sein, die nun beginnen. Schon auf den ersten Schritten, nachdem sie die Eingangstür hinter sich geschlossen hat, zerfällt die hübsche Fassade, und eine tiefe Schamesröte flutet Lenas Gesicht. Sie wird freundlich begrüßt und durch das Gebäude geführt, und überall lächeln Kriegsversehrte und Unfallgeschädigte die aufgetakelte Achtzehnjährige an. Ihnen fehlen Arme, Hände, Beine oder Füße. Blass unter dem üppigen Rouge senkt Lena den Blick, um nicht zu sehen, dass keiner sie hämisch oder neidisch ansieht, nur freundliche, wache Augen umringen sie. Den ersten Tag wird sie in diesem Aufzug verbringen müssen, schon zum nächsten Arbeitstag erscheint Lena angemessen gekleidet.

Lenas wichtigste Aufgabe besteht nun darin, den Medikamentenschrank zu verwalten. Ein großer Schlüssel wird ihr ausgehändigt, und sie verteilt die auf einer Liste vermerkten bunten Pillen in kleine Schälchen und legt sie in die lebendigen oder hölzernen Hände, die ihr entgegengestreckt werden. In diesem Medikamentenschrank lagern auch die Beruhigungsmittel, und so ist der Schrank das Herzstück der Einrichtung. In den karierten oder grauen Schlappen schlurfen die Bewohner des Prothesenwerks mehrmals am Tag in den Medikamentenraum, in dem die schöne junge

Frau in ein Deutsch-Russisch-Wörterbuch und ihre Lebensträume vertieft auf einem Stuhl sitzt. Manch einer geht dorthin, nur um Lena zu sehen, manch einer in der ernsthaften Hoffnung, das unerfahrene Kind dazu zu bringen, ihm etwas Linderung aus dem Medikamentenschrank zu verschaffen. Viele sind Zugereiste, aus weit entfernten Dörfern in die Stadt gekommen. Ein ärmliches Wohnheim bietet Platz für ungefähr zwanzig dieser Gestalten, die auf die Fertigstellung ihrer neuen Gliedmaßen warten. Schwere hölzerne Extremitäten mit dicken Lederriemen zum Anschnallen an den wunden Stumpf. Diese Stümpfe müssen täglich gewaschen werden, und auch das ist Lenas Aufgabe. In eine weiße Emailleschüssel wird eine scharf riechende gelbe Flüssigkeit gefüllt und mit Wasser verdünnt. Der Patient taucht dann, was von seinem Arm oder Bein übrig geblieben ist, in diese Schüssel. Lena muss den Stumpf vorsichtig abreiben, nachdem der Patient ihn herausgezogen hat. Die vernarbte, wulstige Haut, die sie berühren muss, erinnert nur noch entfernt an etwas Menschliches, und trotzdem vergeht der Ekel mit der Zeit, und die verstümmelten Gliedmaßen werden etwas Gewöhnliches, einfach ein Rest. In dem weißen Kittel, dem weißen Raum mit den vielen weißen Schränken, mit der weißen Pritsche, dem weißen Bettlaken und den weißen Vorhängen und Emailleschüsseln sitzt Lena wie ein Bild der Unschuld, und es ist nur eine Frage der Zeit, bis sich irgendjemand verliebt.

Auch Nina arbeitet 1975 im Prothesenwerk. An einem großzügigen Schreibtisch in der Verwaltungsabteilung hat sie ihren Platz direkt am Eingang, dort, wo die Tafel mit den Mitarbeiterfotos hängt. Wenn Lena müde von der Uni zum Abenddienst schleicht, lächelt ihr Nina als Mitarbeiterin des Monats von der Tafel entgegen. Von diesem Platz aus wird jede Person, die das Prothesenwerk betritt oder verlässt, von Nina schnell und kühl vermessen und eingeschätzt. Sie genießt es, die vielen Zeichen an den Körpern, die ihr entgegenhumpeln, zu lesen. Die Verwandten, die die Patienten abholen oder begleiten, werden genauso sorgfältig beäugt und in ihrem Kopf in fein säuberlich sortierte Schubladen gelegt. Nina gefallen die großen Frauen mit breiten Becken und stämmigen Fesseln, die kaum etwas erschüttert oder bewegt. Sie gehen nicht auf die Suche nach Männern, sie werden von ihnen gefunden und belagert, eingenommen wie ein träges Kriegsschiff, das sich treiben lässt. Ihr Gesicht zeigt eine genussvolle Leere, und über die Jahre werden ihre Hüften zu einer verlässlichen Heimat für einen Männerschwanz. Bei den kleinen, trockenen Frauen scheint sich das Fleisch schon Mitte dreißig auf ein Minimum zu reduzieren, und ihre Brüste lassen sich hängen. Sie ackern sich ihre Sehnen auf Spannung, und hungrig bleibt ihr unruhiges Herz. Die Gutgebauten wiederum tragen ihre Besitzansprüche gelassen im Gesicht. Sie verpacken ihr Skelett in möglichst vorteilhafte Schnitte und platzieren es dekorativ im Raum. Schließlich teilt Nina die Frauen noch in Stolze und Biegsame. Die Stolzen sind die Tragischen, die Biegsamen die Glücklichen. Nina selbst ist eine stolze, kleine Gutgebaute. Ein Leben lang unglücklich, aber gelassen, trägt sie ihr adrettes Skelett zur Schau und platziert es effektvoll im Raum.

Wenn Nina an ihrem Schreibtisch sitzt und Berge von Papier sortiert, mit krakeliger Schrift ausgefüllte Formulare und Krankenberichte, beginnt sie, Lügen zu erfinden. Lügen ist vielleicht ein wenig wie beten. So wie Ninas Mutter abends beim Beten die Heiligen mit makellosen Gesichtern ausstattet, so dichtet Nina ihren Bekannten Doktortitel und Besitztümer an, und solange die Leute einander nicht kennen, kann sie ihnen von den jeweiligen Vorzügen der anderen vorschwärmen. Auch ihren Kindern beginnt sie Geschichten zu erzählen, von Professoren und besonderen Geschenken und altem Familienschmuck. Jura, ihr Mann, ist da schon ausgezogen. Klaglos hat er die gemeinsame Wohnung verlassen und die siebzig Quadratmeter ihr und den Kindern zur Verfügung gestellt. Seitdem erscheinen ihr die drei Räume leer. Der Streit zwischen ihnen ist wie ein giftiger Dampf abgezogen. Fast kann sie sich nicht mehr erinnern, worum es in diesen Streitigkeiten ging. Um Geld, das ist sicher, und um Stolz. Worauf aber war sie so stolz gewesen auf diesen ihr zugeteilten siebzig Quadratmetern mit Eiern, Butter und Schmand im Kühlschrank und noch unreifen Tomaten auf der Fensterbank? Eine Wohnung wie jede andere, ein Alltag wie jeder andere und Zankereien, die den meisten Menschen so vertraut sind wie ihr selbst.

Am Ende ihrer Spätschicht muss Lena immer die Spritzen abkochen. Eine verantwortungsvolle Aufgabe, die sie in den frühen Morgenstunden, bevor sie nach Hause geht, mit zitternden Händen erledigt. Dann zieht sie den weißen Kittel aus, schließt das Medikamentenzimmer ab und verlässt das Gebäude. Das Licht ist schon gelöscht in den Räumen, die Patienten haben sich zurückgezogen, und die Verwaltungstische stehen verwaist herum. Lena geht langsam durch diesen stillen Raum, wo sich tagsüber die Amputierten ihre Zeit vertreiben. Der Verlust der Gliedmaßen reißt die Menschen, die sie betreut, jäh aus ihrem Alltag, und all die selbstverständlichen Gänge und Aufgaben werden zu Bürden und Schwierigkeiten. Zerbrechlich erscheinen ihr zum ersten Mal ihre Hände, die so selbstverständlich nach Tassen und Stiften greifen, wann immer sie es will. Lena sieht ihre Füße in hochhackigen Schuhen Schritte tun, und sie erfüllen ihr diesen Wunsch klaglos.

Wenn Lena nach der Universität zur nächsten Schicht im Prothesenwerk eilt, dann regt sich in ihr so etwas wie Vorfreude auf diesen seltsamen Ort – und auch auf den jungen Mann, der sie nun öfter im Medikamentenzimmer besucht. Lange bevor Lena den jungen Mann bemerkte, hatte ihn allerdings schon Nina erspäht. Der Junge hat beide Unterschenkel und Füße verloren bei einem Zugunglück. Er ist aus einem Dorf, ungebildet und roh. Eine mädchenhafte Harmonie hat sich in sein Gesicht verirrt. Ein scharf konturierter Mund, dichte Wimpern und eine feine Nase schmücken diesen seiner Beine beraubten Körper. Leise rollt er durch die Gänge und schaut, und Nina sieht, wie er schaut, wenn er am Medikamentenzimmer vorbeirollt und den Blick kaum zu heben wagt. Seit Wochen geht das schon so, und noch bevor Lena das erste Wort mit ihm spricht, beschließt Nina, der Romanze drei Wochen zu geben und sie dann zu beenden mit der vorzeitigen Kündigung von Lenas Arbeitsvertrag.

Am Abend, wenn Lena alle Aufgaben erledigt hat und es still wird im Prothesenwerk, schließt sie sich für die letzten Stunden in dem weißen Zimmer ein. Zum einen, weil sie sich ein wenig fürchtet, und zum anderen, damit nichts gestohlen wird, wenn sie einnickt über ihrem Wörterbuch. An einem dieser Abende klopft es an der Tür. «Verzeihen Sie die späte Störung», sagt der junge Mann und blickt dabei kaum auf. «Darf ich Sie stören?» Lena lächelt und lässt ihn herein. «Ich konnte nicht schlafen, und da ist mir eingefallen, dass Sie vielleicht auch nicht schlafen, und da dachte ich, vielleicht sind Sie noch wach.» Wieder lächelt Lena und fragt, ob sie ihm etwas anbieten kann. Einen Apfel hätte sie oder ein angebissenes Butterbrot, und zu ihrer Überraschung sagt er ja, das Brot hätte er gern. Etwas beschämt packt sie es aus, reißt schnell die abgebissene Kante ab und gibt es ihm. Er legt sich das Brot auf den Schoß und manövriert den Rollstuhl in die Ecke, wo ein Sessel steht, und mit ein paar geschickten Handgriffen hebt er sich aus dem Rollstuhl auf den Sessel. Wenn Lena ihren Blick nicht nach unten auf die Beinstümpfe richtet, sitzt da ein gewöhnlicher junger Mann. Er kaut sein Butterbrot, und sie schweigen, und als er den letzten Bissen geschluckt hat, schaut er sie an und hievt sich zurück in den Rollstuhl, fährt ein Stückchen auf sie zu und sagt: «Danke, Schwester Lena.» Und: «Gute Nacht.» Lena bleibt allein zurück. So reden die Kommilitonen an der Universität nicht mit ihr, denkt sie. Da wird mit Zitaten geprahlt und mit Verbotenem gelockt, laut gelacht und unverschämt gewitzelt. Dieser stille junge Mann hat sie nur angesehen und gestaunt, und nun, wo er weggerollt ist, staunt auch sie.

Eine Woche später klopft es abends wieder an der Milchglasscheibe der verschlossenen Tür. Lena öffnet, und der junge Mann rollt langsam hinein. Er lässt keine Zeit für Verlegenheit und reicht ihr ein Buch. «Haben Sie das schon gelesen?», fragt er. «Das ist über uns Krüppel.» Auf dem Umschlag steht «Boris Polewoi: *Der wahre Mensch*». Der Junge fährt wieder ein Stück auf Lena zu und dann zum Sessel in der Ecke und setzt sich wieder mit ein paar geschickten Handgriffen hinein. Er hat das Buch auf den Knien. Ein gräulicher Einband, den zwei helle Flugzeuge zieren. Er schaut Lena nicht an, er sieht auf das Buch, und nach einer Weile öffnet er es vorsichtig. «Ich habe es noch nicht ganz gelesen», sagt er, «aber ich wollte Ihnen unbedingt davon erzählen. Ich denke, Sie können uns Krüppel sonst nicht verstehen.» Lena sagt nichts. Sie schaut ihn nur an, und er beginnt zu erzählen.

Das Buch handelt von einem Flieger. Er wird im Krieg gegen die Deutschen abgeschossen. Mitten in den russischen Wäldern macht er sich auf die Suche nach Kameraden oder freundlichen Menschen. Seine Füße sind zerschnitten, und er kann sich nur kriechend fortbewegen. Achtzehn Tage robbt er durch die Wälder, ernährt sich von Rinde, Moos und Maulbeeren und einem Igel, den er unter einem Baum findet und roh verzehrt. Nach achtzehn Tagen trifft er auf eine Gruppe Jungen im Wald. Sie sind Teil eines Dorfes, das vor den deutschen Soldaten in die Wälder geflohen ist. Hier wird er aufgenommen, und die Menschen teilen das wenige, das sie haben, mit ihm. In diesem Dorf entdeckt ihn dann ein Kamerad und bringt ihn zurück zu seinem Regiment.

Lena wagt nichts zu sagen, sie nickt nur manchmal und betrachtet das mädchenhafte Antlitz des Jungen, der immer noch, ohne seine Augen zu heben, erzählt. Während sie zuhört, beginnt ihre Vorstellungskraft, Runden zu drehen. Lena sieht sich mit dem jungen Mann auf der Straße, sieht sich den Rollstuhl schieben und auf ihren hochhackigen Schuhen geschickte Schritte tun.

«Dann wird er nach Moskau gebracht, zu einem berühmten Arzt, so wie ich aus meinem Dorf hier nach Kasan gekommen bin», sagt der junge Mann. «Man versucht, seine Füße zu retten, aber es gelingt nicht, und die schon schwarz gewordenen Füße müssen amputiert werden. Für eine Vollnarkose ist das Herz des Fliegers zu schwach, er wird lokal betäubt, und der Arzt sagt später, der Mann habe sich nicht gerührt, als er schnitt und die Füße mit einem dumpfen Geräusch in einen Eimer fielen – dieses Geräusch», sagt der junge Mann, «das kenne ich auch.»

Beide, Lena und der junge Mann, sind nach dieser

Erzählung erschöpft. Zum Flirten kann sich keiner mehr aufraffen. Nun ist es Lena, die sagt: «Lesen Sie es zu Ende, das Buch, und kommen Sie mich wieder besuchen.»

Lena wartet. In ihrem weißen Zimmer wartet sie ungeduldig auf die Rückkehr des jungen Mannes, und tatsächlich klopft es eine Woche später am Abend an der Tür. «Treten Sie ein», sagt sie. Nun lächelt der Junge und sagt: «Treten kann ich ja nicht, nur rollen.» – «Na, dann rollen Sie!» Er setzt sich auf den Stuhl und beginnt sofort zu erzählen:

Eine quälende Zeit bricht für den Flieger an, als er am Morgen nach der Amputation erwacht. Er blickt an sich herunter und sieht unter der Bettdecke, dass er kürzer geworden ist. Ein Stück von ihm fehlt, und doch schlägt sein Herz, fließt der Atem durch seine Lunge. Trotzdem befällt den Flieger die Schwermut. Er mag nicht mehr essen, mag nicht aus dem Fenster sehen, und die Neckereien der Kameraden heitern ihn nicht mehr auf.

Der junge Mann macht eine Pause und schaut Lena an. Sie erwidert den Blick. «Was, glauben Sie, hat ihm neuen Lebensmut gegeben?» Und ohne ihre Antwort abzuwarten, fährt er fort: «Ein Zeitungsartikel!»

Ein Bettnachbar liest eines Nachmittags einen Artikel aus einer Zeitung vor. «Es geht da um dich, Kamerad», sagt er. Es wird dort von einem Flieger berichtet, der einen Fuß verliert, sich eine Prothese machen lässt und mit dieser in den Krieg, an die Front, zurückkehrt und auch wieder ein Flugzeug steuert. Der Flieger fragt den Arzt bei der Visite, was er tun müsse, um wieder gesund zu werden. Essen und schlafen, sagt dieser, und der Flieger tut, was nötig ist, trainiert seinen Körper und die Beinstümpfe und beginnt, seine Form zurückzugewinnen. Der Bettnachbar, der ihm den Artikel vorgelesen hatte, ist ein Kommissar, ein stattlicher Kerl, der die anderen Patienten aufheitert und mit allerlei Aufmerksamkeiten erfreut trotz seiner schweren Verletzungen. Die Schwestern pflegen diesen Kerl besonders aufmerksam, und für jeden hat er einen Scherz auf den Lippen.

«Und dieser Kommissar stirbt eines Tages», sagt der junge Mann. «Als sein Sarg am Fenster des Lazaretts vorbeigetragen wird, fragt der neue Patient, der in dem Bett des Verstorbenen liegt, wer da beerdigt werde, und die Antwort des Fliegers lautet: ‹Ein wahrer Mensch.› Da beschließt der Flieger, selbst ein wahrer Mensch zu werden.»

Wieder sind Lena und der junge Mann erschöpft und vergessen das Flirten. Nur dieses Mal lässt Lena ihn nicht davonrollen. «Bleiben Sie noch», sagt sie. Aus dem großen Aufenthaltsraum tickt eine Uhr in das Medikamentenzimmer hinein, hinter den Fenstern ist es dunkel, und Lena setzt sich auf einen Stuhl neben den jungen Mann. «Was ist das, ein wahrer Mensch?», fragt sie. «Jemand, der sich nicht aufhalten lässt und der für die anderen lebt», sagt der Junge. Die Antwort kommt schnell, wie einstudiert, aber eine Floskel ist es trotzdem nicht, das hört Lena. Sie würde den jungen Mann gern küssen, aber sie weiß nicht, wie, und so steht sie auf und gibt ihm ein Butterbrot und sagt: «Gute Nacht.»

Im ersten Stockwerk des Prothesenwerks befindet sich der Raum, in dem die hölzernen Beine und Arme auf ihre Verwendung warten. Riesige Berge aus Extremitäten, unbewegliche Holzskulpturen, die mit Gummiriemen am Bein befestigt werden. Tut der Patient damit die ersten Schritte, so ist das ein wenig wie Stelzenlaufen. Der Stumpf wird in einer weich ausgelegten Mulde befestigt, doch das Gewicht des Körpers drückt mit voller Wucht auf die Stelle, wo der mit Haut umwachsene Knochen auf die Prothese trifft. Der junge Mann, der nach einigen Tagen wieder in Lenas Zimmer kommt, erzählt ihr, wie der Flieger laufen lernt: An die Wand gelehnt, tut er vorsichtige erste Schritte nach Plan. Dreimal am Tag jeweils eine Stunde. «Das blüht mir noch», sagt der Junge, «meine Füße sind nächste Woche fertig.»

Er erzählt Lena, wie die Männer im Buch ihren Frauen aus dem Lazarett schreiben, wie sie es manchmal nicht wagen auszusprechen, dass ihre Gesichtshaut voller Brandwunden ist oder ihnen die Arme oder Beine fehlen. Wie wird die Geliebte reagieren, wenn sie erfährt, dass ihr Zukünftiger ein Stück kürzer geworden ist?

Der junge Mann hebt seinen Blick nicht, als er das erzählt, lieber nicht hineinsehen in das Gesicht, das ihn mit Hoffnung erfüllen würde. Besser weitererzählen und sich und Lena beim Träumen nicht stören. «Schämen Sie sich manchmal für Ihre Bescheidenheit,

Schwester Lena?», fragt er sie plötzlich. Lena weiß nicht, was sie antworten soll: «Ja, vielleicht, manchmal.» – «Das ist doch merkwürdig», erwidert er, «ich auch. Der Flieger im Buch sagt an einer Stelle, er will wieder Erfolg haben. So etwas zu sagen oder zu denken, käme mir nicht in den Sinn. Ist das nicht merkwürdig?»

Nina geht immer häufiger am Medikamentenzimmer vorbei, bevor sie das Prothesenwerk verlässt. Manchmal ist die Tür schon geschlossen, und sie kann durch die Milchglasscheibe deutlich die Räder des Rollstuhls erkennen. An einem dieser Abende sieht sie, wie der Umriss des jungen Mannes ganz langsam nach dem Umriss ihrer Tochter greift und sie zu sich heranzieht. Sie bleibt stehen und sieht zu, wie ganz kurz und vorsichtig die beiden Silhouetten zu einer verschwimmen, sich dann wieder lösen und sich die Köpfe der beiden Figuren senken. Das ist der Moment, an dem Nina beschließt, die Romanze zu beenden.

Am folgenden Morgen findet Lena die Kündigung ihres Arbeitsvertrags mit dem Prothesenwerk auf ihrem Schreibtisch.

Einige Wochen sind vergangen, seit Lena nicht mehr ins Prothesenwerk geht. Sie vermisst diesen Ort ein wenig, ist aber auch schnell in den Trubel ihres Universitätsalltags zurückgekehrt, und die frechen Sprüche der Kommilitonen gefallen ihr wieder. Trotzdem beschließt sie, das Buch über den Flieger selbst zu Ende zu lesen. Sie borgt es sich von einem Freund, und es dauert eine Weile, bis sie sich entschließen kann, es zu öffnen und die Stelle zu suchen, an der der junge Mann aufgehört hat zu erzählen:

Der Flieger bleibt seinem Traum, ohne Füße mit einem Flugzeug in den Himmel zu steigen, treu. Für einen Monat muss er in ein Sanatorium, und am Ende dieser Frist wird über seine Zukunft entschieden. Wie besessen macht er seine Übungen und lernt sogar das Tanzen. Unter entsetzlichen Schmerzen, die Schnüre der Prothesen fest an den Beinstumpf gebunden, lernt er unter dem strengen Blick einer Schwester alle klassischen Tänze. Als der Soldat am Ende des Monats vor der Kommission steht, übersehen die Begutachter fast seine fehlenden Füße. Unzählige Behördengänge und demütigende Gespräche in Büroräumen später hält er mit zitternden Händen den Zettel, der besagt, dass er wieder fliegen darf. Als er in den Himmel steigt, seine Füße mit Lederriemen an die Pedale gebunden, fühlt er sich endlich wieder als vollwertiger Mensch.

Das letzte Drittel des Buches sind rauschende Luftkampfbeschreibungen, denen Lena nicht wirklich folgen kann. Auf jeder Seite liest sie das Wort «deutsch». Der Kampf gegen die deutschen Soldaten wird in schillernde Farben gekleidet. Deutsch ist auch die Sprache, die Lena studiert, und deutsch wird auch der Ausweg sein, der sie aus ihrer Heimat wegbringt.

Der Flieger aber kämpft noch einen entscheidenden Kampf gegen das Luftgeschwader «Richthofen». Als er ermattet und glücklich auf den Flugplatz zurückkehrt und sein Vorgesetzter ihm gratulieren will, sagt der

Flieger: «Ich brauche nichts, Genosse Oberst. Ich bin genauso wie alle anderen. Es wäre besser, Sie würden vergessen, dass ich keine Füße habe.»

Das könnte ein Märchen sein, aber Alexej Maresssjew, der Jagdflieger ohne Füße, hat tatsächlich gelebt, geboren 1916 in Kamyschin, verstorben 2001 in Moskau.

Neunzig Eier

Hundertzwanzig Minuten Pause hat Lena zwischen zwei Unterrichtsstunden, die wollen wohlüberlegt angelegt sein. Am besten fürs Schlangestehen. In diesem Fall, in dieser Mittagspause, steht Lena in einer Schlange für Eier. Das Schlangestehen ist eine sozialistische Alltagshandlung, die mehrere Vorteile hat. Zum einen kann der Schlangestehende sich in Geduld üben, was für das ganze sozialistische Lebenskonstrukt eine Grundvoraussetzung ist. Zum anderen kann der Schlangestehende in Ruhe den Tag durchgehen, seine Hausaufgaben machen oder mal wieder ausgiebig mit einem Fremden plaudern. Ferner besteht die Schlange meist aus den verschiedensten Wartenden, da steht die patente Reinigungskraft neben dem Professor mit dem zerschlissenen Anzug, und die Reinigungskraft hat endlich einmal die Möglichkeit, ihren Unmut bezüglich des Anzugs auszudrücken. Die hübsche Doktorandin wiederum steht neben dem jungen Straßenarbeiter, und spätestens nach einer Stunde Warten, wenn einem klar wird, dass noch mindestens eine Stunde kommt, genießt man die Möglichkeit, mit dem Leidensnachbarn zu flirten. Wenn der Geduldsfaden dann doch einmal reißt, befällt die Schlangestehenden eine kollektive Ungeduld, und auch das ist etwas, das eint.

Auf die Idee zu kommen, einzigartig zu sein, ist beim Schlangestehen so gut wie unmöglich. Auch gibt es keine Hierarchie, die Schlange besteht aus Körpern, die aufgereiht sind, egal, wer was hat oder kann. Es gibt nur eine Ansammlung von Personen, die von einem Bein auf das andere treten und das gleiche Produkt wollen, in diesem Fall Eier. Was gegessen wird, bestimmt die Saison, nicht der Appetit. Da hilft es wenig, der Leiter einer Bank zu sein, Kirschen gibt es trotzdem nicht im Winter. Daraus ergibt sich folgende einfache Rechnung: Isst du dasselbe, bist du dasselbe. In den Geschäften gibt es meistens zwei Optionen. Dunkles Brot oder helles Brot, dieser oder jener Käse. Auch die Auswahl an Möbeln bewegt sich zwischen «dieser Tisch» und «der da drüben». Die Entscheidung zwischen zwei Möglichkeiten führt zu einer angenehmen Geschwindigkeit, das ist gut, denn schließlich muss mit Zeit sehr sorgfältig gehaushaltet werden, für fast jedes Produkt muss man ja noch Schlange stehen. Was nicht in Schlangen erstanden werden kann, muss selbst gemacht werden, und das wiederum unterscheidet die Menschen voneinander: die selbst genähten Kleider, das selbst gezimmerte schiefe Schränkchen, das Selbstgebackene, Selbstgekochte, Selbsteingelegte.

Lena wird nun also auch in ihrer Schlange von der Ungeduld befallen, über die Dauer des Wartens wird sie nicht nur ungeduldig, sondern auch zornig, sodass sie alle durchgestandenen zwanzig Minuten das Gefühl hat, mehr kaufen zu müssen, so viele Eier wie möglich, damit das Schlangestehen sich auch kräftig lohnt. In den ersten zwanzig Minuten plant sie den Erwerb von dreißig Eiern, also eine ganze Palette, das wird in dem sechsköpfigen Haushalt sicher gut weggehen. Vierzig Minuten später erscheinen ihr die verlorenen sechzig Minuten nur durch den Erwerb von sechzig Eiern gerechtfertigt zu sein, und als Lena nach ungefähr anderthalb Stunden endlich vor der mürrischen Eierverkäuferin steht, ist die einzige Zahl, die für sie in diesem Moment noch Sinn ergibt, neunzig.

«Neunzig Eier, bitte», sagt sie. Sie nimmt mit hochrotem Kopf die Ware entgegen, und in ihr mischen sich Scham und Stolz zu gleichen Teilen, während sie auf die Straßenbahn zustöckelt und mit großer Sicherheit weiß, dass die kommenden zwanzig Minuten in der überfüllten Bahn die vergangenen eineinhalb Stunden zu Teilen zunichtemachen werden. Aber überall finden sich helfende Hände: Die einen stützen die schöne Lena, die anderen balancieren die drei Paletten Eier mit ihr von Haltestelle zu Haltestelle. Als sie endlich zu Hause ankommt, sind natürlich unzählige Eier zerbrochen. Das wiederum führt dazu, dass noch am selben Abend Freunde eingeladen werden müssen, um so viel wie möglich zu backen und gemeinsam zu verzehren. Also vielleicht eine ganz gelungene Erfindung, das Schlangestehen.

Die Lüge

Ninas Vater ist im Krieg gefallen, jung war er, kaum zwanzig. Niemand glaubte es ihr, aber sie hat ihn nach dem Krieg noch einmal gesehen. Sie muss acht oder neun gewesen sein, er stand da auf dem Nachhauseweg vom Spital, sie ist sich ganz sicher.

Nina geht den geschwungenen Weg runter zum See, wo sich das hohe Schilf im Wind bewegt und die Vögel über dem Wasser kreisen. Sie hat das Gefühl, dass jemand sie ansieht oder hinter ihr hergeht, und so dreht sie sich um, sieht immer wieder nach hinten, aber sie entdeckt niemanden. Sie bleibt am Ufer stehen und schaut auf das Wasser, die Vögel, die tief über ihrem Kopf kreisen, und auf die dicken braunen Schilfkolben, die gegeneinanderschlagen. Die Sonne bricht durch die Wolken wie ein Regenschauer aus Licht und bringt das Grün zum Leuchten, und als sie ihren Kopf nach rechts dreht, da sieht sie ihn, den schlanken Mann mit den Segelohren, die Haare streng nach hinten gekämmt. Seine Mütze hat er in der Hand, und er hebt ganz leicht das Kinn und sieht sie an in dieser Nachmittagsstille, die nur die Vögel ab und zu zerreißen. Sie geht einen

Schritt nach hinten. Der Vater, könnte das der Vater sein? Warum sieht er sie so an mit müden Augen? Sie geht den nächsten Schritt. Der Mann bewegt sich nicht, er sieht sie nur an. Nina meint in seinem Gesicht ihr eigenes wiederzuerkennen. Die hohen Wangenknochen und die scharf geschnittenen Augen, die starr auf sie blicken, und Nina hält den Blick. Nina geht noch einen langsamen Schritt nach hinten. Der Vater, so müsste er aussehen, diese feste Haut und die zarten Nasenflügel, die wie ihre leicht beben. Blitzartig springen die Erinnerungen in einer rasenden Geschwindigkeit in ihrem Schädel umher und suchen die Bilder ab nach dem Gesicht des Vaters. Dann gibt sie sich einen Ruck und rennt. Rennt und stolpert über die Wurzeln, reißt sich das Knie auf, rappelt sich hoch und rennt.

Ihr Vater ist gefallen, hat man ihr gesagt, aber sie hat ihn gesehen, da ist sie sich sicher. «Eine Lüge ist das», hat ihre Mutter geschimpft, er hätte sich doch gemeldet, sie hat ja gewartet auf ihn. Aber viele sind nicht zurückgekommen, viele haben ein anderes Leben begonnen nach dem Krieg, in einer anderen Stadt, mit einer anderen Frau und anderen Kindern. Nina weiß, sie hat ihn gesehen. Das war der Vater.

Das ewige Bett

Als Nina siebzehn wird, sagt ein Arzt, der sie gut kennt: «Du wirst Krankenschwester.» Er behandelt damals ihre Beine. Sie läuft auf Krücken, dieses hübsche stolze Ding mit dem Kirschmund und den festen Zöpfen. Woran es liegt, dass die Leute sich nach ihr umdrehen – ist es das süße Lächeln, oder sind es die Krücken? –, das ist schwer zu sagen. Der Chefarzt entscheidet, dass sie Krankenschwester wird, Nina fragt er nicht.

Er bringt die Papiere in die Fachhochschule für Medizin und schreibt sie dort ein. Tanja, ihre Mutter, kann nicht schreiben, das weiß der Arzt, es ist besser, wenn er alle Formalitäten selbst erledigt. Nina weint damals, sie muss weg in die Stadt, und so kommt es, dass sie den Satz, den sie selbst später oft sagen wird, zum ersten Mal hört: «Das Leben ist ein Kampf, Nina, und es gewinnen nur die Starken», sagt der Arzt, «also halte durch.»

Ob sie das will, Krankenschwester werden, das fragt sie sich selbst nicht. Sie hat sich keine Gedanken darüber gemacht, was sie will. Wollen kann man erst, nachdem man erledigt hat, was zu tun ist. Sie arbeitet, selbst als sie in der Fachschule ist, macht tagsüber Behandlungsräume sauber. Kaum kann sie wieder laufen nach der langen Krankheit, muss sie auf die Knie und Fußböden schrubben. Um fünfzehn Uhr geht sie zum Unterricht, um null Uhr nachts ist sie zu Hause. Wenn der Hahn kräht, wird aufgestanden, und es geht wieder an die Arbeit. Sie muss am Morgen den Ofen anzünden, das Holz holt sie mit einem Pferd und einem klapprigen Wagen. Das Holz ist feucht, und es lässt sich schwer hacken, aber da sind Männer, die helfen. Bei all diesen Aufgaben, nicht gemacht für eine junge Frau, ist da jemand, der hilft, und sie hat das Gefühl, dass sie nicht schafft, was sie schaffen muss, dass sie hinterher ist und ohne die Fremden hilflos.

Mit zwanzig heiratet sie Jura. Mit zweiundzwanzig wird sie Mutter. Die Jungvermählten bekommen eine Wohnung zugewiesen, siebzig Quadratmeter, drei Zimmer, das ist mehr als genug, und froh ist man auch, auf eigenen Beinen zu stehen in der großen Stadt. Und jetzt, wo die Kinder da sind, Lena und Mischa, heißt durchkommen durchfüttern, sich selbst und die anderen zwei.

Eine Bekannte, Ludmilla, erzählt ihr dann von dieser Arbeit, da hätte man zwei Monate Urlaub im Jahr, 25 Prozent Gehaltszulage und Extradienst würden dort auch bezahlt. Eine Psychiatrie, das ewige Bett, so wird das Gebäude hämisch und zärtlich von den Mitarbeitern genannt. Da fängt Nina 1963 an, auf der Männerstation, psychische Störungen gibt es dort und Alkoholiker auch. Es ist nicht einfach, und manches Mal hätte sie den Kittel gern abgelegt, wäre nach Hause gegangen und hätte die Tür hinter sich zugemacht. Alles geht vorbei, der Schmerz und die Schmerzen, sie lassen nach, irgendwann, und neue kommen hinzu.

«Der Erste ist der Schwierigste, dann wird es leichter», sagt ihr die Stationsschwester. Der erste Mann, der in Ninas Händen stirbt, ist Kolja, er ist herzkrank und hat psychische Störungen. Nina soll ihm eine Spritze geben, kaum eine Stunde vergeht, und er stirbt. Nina schließt sich in der Toilette ein und heult wie ein Kind. Die Stationsschwester rüttelt an der Klinke und ruft über die Klotür: «Hör auf, Nina, wenn du jedes Mal heulst, wenn einer stirbt, wird es nicht gehen, trag es.» Sie lernt, es zu tragen. Mit ihren eigenen Händen hebt sie die Körper der Verstorbenen und bringt sie weg in den Keller. Der Mensch gewöhnt sich an alles.

Nina muss die Zeichen lesen. Sie muss die Zustände beurteilen lernen, in denen die Patienten sind. Die einen, die nachts nicht schlafen können und deren Blick glasig ist und ins Nirgendwo gerichtet, die anderen, die ohne Unterlass reden und deren Sprache ihr Denken überholt. Sie schärft ihren Blick. Auch ein gesunder Mensch wird mal wütend, schreit und teilt aus. Aber einen Kranken erkennst du. Es sind die Augen, die finster werden, die Hände, die er knetet, oder die Unrast in seinen Beinen. Es sind die Sätze, die sich zu überschlagen scheinen und die er nicht mehr beenden kann. Es sind immer dieselben Argumente und Wiederholungen, die ihn ersticken. Als wäre dem Kopf des

Kranken der Körper egal, als trennte der Kopf sich vorzeitig vom Körper. Man sieht den Menschen das Leiden an, das weiß Nina.

Im ersten Stock ist die Station für die Ruhigen. Die Patienten, die sich auf dem Weg der Genesung befinden, halten sich in den großen Räumen mit geöffneten Fenstern und Türen auf. Hier bemerkt man die Jahreszeiten, und an manchen Tagen erfüllt fast so etwas wie heitere Betriebsamkeit die kargen Räume und Gänge, durch die Nina mit ihren klangvollen festen Schritten eilt. Der Frühling weht die ersten Blätter hinein und den Duft von Wärme. Einen Alten gibt es auf der Station, Hapiboli mit Nachnamen, er hat drei Kinder, und seine Frau hat er zwölf Jahre lang gepflegt. Als sie stirbt, kommt er in die Klinik. Er ist ein stiller Mann, liegt da und rührt sich nicht. Wenn Nina zu ihm kommt, steht sie eine Weile neben seinem Bett, dann dreht er sich ganz selbstverständlich zu ihr und lässt sich die Spritze geben und schläft weiter, still und freundlich. Eines Abends aber springt er hoch, wie aus einem Traum gerissen, und geht ihr mit beiden Händen an die Gurgel. Die Spritze fällt ihr aus der Hand. Sie wehrt sich, aber er ist stärker, der alte Mann, und da wacht einer auf, der in der Nachbarpritsche schläft, und sieht sie schon blau anlaufen und springt ihr zu Hilfe, und zusammen kriegen sie die knorrigen Hände von ihrem Hals los. Wem soll sie das erzählen? Das ist die Arbeit.

Dann reden die Patienten sich gegenseitig ein, dass man ihnen zu viel Medizin gibt, zu viel davon, zu wenig hiervon. Einer ist da, Rafael heißt er, ein Kleiner mit dunklen, dichten Augenbrauen und pfiffigen Knopfaugen, der ist immer hinter ihr her. Die Schultern nach vorn gezogen, den Kopf weit vorgestreckt, schleicht er ihr nach durch die Gänge, lungert vor den Schwesternzimmern herum und raucht. Rauchen tun sie alle, die Patienten, wenn sie an Zigaretten kommen, sie stehen an den geöffneten Fenstern, die Selbstgedrehten im Mundwinkel, starren und rauchen. Rafael hat Nina im Blick, egal, wo er ist. Einmal während der Nachtschicht, als die Kontrolle durchs Haus geht und Nina unterschreiben muss, steht sie von ihrem Stuhl auf. Rafael hat sein Bett ganz in der Nähe. Sie dreht sich um, und einen Augenblick später schlägt er ihr ihren eigenen Stuhl gegen den Rücken. Sie hat Glück, dass ihr Kopf zwischen den Stuhlbeinen unverletzt bleibt. Der Schlag ist stark, sie hat nicht damit gerechnet, schnell ist er, sehr schnell. Sie wird lange krankgeschrieben, der Rücken ist blau, und ihre Stimme bleibt ihr weg die nächsten Monate. Das braucht seine Zeit, bis Nina zurückkommen kann und weitermachen.

Es gibt auch einen, Isajew, der ist in Kolyma in den Arbeitslagern gewesen. Zufällig, wie er immer wieder betont, ist er in Gefangenschaft gekommen. Das ist einer, der fasst nicht mit an. Jeder hilft auf der Station, ob ein Toter weggebracht, ein Bett verschoben oder jemand wieder aufs Bett gelegt werden muss, der heruntergefallen ist. Die Patienten klettern dann geräuschvoll von ihren Sprungfederlagern und legen Hand an und helfen der kleinen Schwester, die sich mit den schweren Männerkörpern abmüht. Isajew aber packt nicht an, er sagt: «Die Arbeit machen die Dummen.» Um keinen Preis fasst er mit an. Mag sein, dass er in seinem Leben genug geschuftet hat. Er war ja zur Zwangsarbeit in Kolyma.

An den Bereich für die ruhigen Patienten schließt sich im zweiten Stockwerk der Trakt für die schweren Fälle an, die Station der Schizophrenen. Hier sind die meisten bettlägerig, die Fenster und Türen bleiben geschlossen, und auch hier wird geraucht, und Ninas Haare und Kleidung tragen den Zigarettengeruch mit nach Hause. Es gibt Fälle, da bricht die Krankheit nur einige Male im Leben aus. Starke Ausbrüche sind das. Nina hat einen in Behandlung, der kommt alle paar Jahre in die Psychiatrie, und wenn er da ist, kennen die Schwestern schon seine Krankengeschichte und die Symptome. Ein kräftiger Mann ist das, und studiert hat er auch. Nina hat ihn ans Bett fixiert, ein schweres gusseisernes Bett, und da wird er so wild, dass er sich aufrichtet. Das Bett wie einen Panzer an seinen Rücken geschnallt, richtet der kantige, große Mann sich auf und geht auf sie zu. Schreiend laufen die Stationsschwestern aus dem Raum und verbarrikadieren die Tür hinter sich und lassen ihn wüten, bis die Kraft in diesem tobenden Körper zur Ruhe kommt und sie die Tür öffnen und den auf dem Bauch liegenden Mann von seiner Last befreien können.

Sie haben auch einen Staatsanwalt auf der Station, der hat selten Ausbrüche, aber wenn, dann so starke, dass er sich hinterher immer entschuldigt. «Verzeihen Sie mir», sagt er dann mit feuchten roten Augen.

«Um Himmels willen, verzeihen Sie mir, Nina Nikolaijewna.» Er versteckt sich auf der Toilette oder unter seinem Bett, weil es ihm peinlich ist. «Ist schon in Ordnung, ach, was quälen Sie sich?», sagen die Schwestern dann. Kaum darf er die Psychiatrie wieder verlassen, schickt er seine Frau von zu Hause. Sie muss sich dann an seiner statt entschuldigen. Die zerbrechliche, schmale Gestalt mit der Handtasche dicht an den Körper gepresst bittet dann darum, ihrem Mann zu verzeihen. «Er kann ja nicht anders», stammelt sie, und Nina muss trösten und auf den Fluren herumstehen, bevor sie zum nächsten Patienten eilt.

Wenn sie dann nach Hause kommt von der Schicht, den Kummer der Kranken auf dem Buckel, da will sie nur noch schnell alles regeln, jedem sagen, was er zu tun hat. Zornig machen sie die Kinder, wenn sie in einer Illustrierten blättern oder in der Küche Tee trinken ohne Grund. Sie hat ihre Geduld verbraucht in der Nacht oder am Morgen, und verglichen mit den Leiden der Patienten, sind ihr die Sorgen der eigenen Familie lästig. Ungeduldig ist sie oft, schnell und verletzend, aber erzählen wird sie nicht. Wo anfangen und wo aufhören und wozu erzählen von denen, die nicht zählen hier draußen?

Zwölf Jahre hat sie sie getragen, die Toten, mit ihren eigenen Händen, zusammen mit denen, die anpacken wollten. Dann war auch das getan, die Kinder waren groß, und es war Zeit, die Stadt zu verlassen und alt zu werden, allein.

Nina wohnt jetzt in der Wohnung, in die sie ihre Mutter umgesiedelt hatte, nachdem das alte Holzhaus abgerissen worden war. Die Wohnung ist ebenerdig, und sie muss sich hier mit allerlei Gesindel herumschlagen. Junge Leute, die im Treppenhaus herumlungern und rauchen, ihren Müll liegen lassen und ihre Zigarettenkippen. Regelmäßig streitet sie sich mit den frechen Jungs. Wenn Nina hört, wie sie im Treppenhaus lachen, dann zieht sie hastig ihren Mantel an, setzt den Hut auf und stürmt in den Flur. «So was gab es früher nicht!», zetert sie dann. «Wir haben gearbeitet, jetzt schimpft ihr alle auf den Sozialismus, aber wir haben wenigstens gearbeitet, was macht ihr den ganzen Tag? Faulenzen und Zigaretten drehen!» Die jungen Männer lachen über die alte Frau mit der schneidenden Stimme, verlassen aber trotzdem das Treppenhaus, denn Ninas Autorität bleibt ihr auch im Alter erhalten. So aufrecht, wie sie dasteht und den Jungs ins Gesicht guckt.

Merkwürdig, Nina hat ihrer Mutter am Ende die Totenschuhe angezogen und das Totenhemd und sie auf das Kissen gebettet, gefüllt mit den Haaren, die Tanja ihr ganzes Leben lang gesammelt hatte. Der Zorn aber ist noch da. Wie begräbt man den Zorn und wo? Wo ist der Friedhof ihrer Zornesausbrüche?

Das Zahnfleisch geht zurück, und sie hat einen übelriechenden Ausfluss schon seit einem halben Jahr. Was an Medikamenten noch da ist, kann sie aufbrauchen, das ist bestimmt noch gut. Was an Geld übrig bleibt, das steckt sie in etwas anderes: Sie zimmert sich selbst

Rahmen aus billigem Holz, und die Bilder lässt sie sich malen. Es gibt in der Gegend einige passable Künstler, die malen ihr Bilder in Öl. Viele kleine Rechtecke mit hellem Holz, leicht schief gerahmt. Im Sommer hat sie sich einen Lavendel malen lassen und ein Vögelchen auf einem Zweig.

B 77

«So redest du nicht mit meiner Tochter», sagt Nina, nachdem sie aufgestanden ist und ihre ein Meter sechzig in den Raum gerammt hat, während der Zweimetermann in seinem Stuhl verwundert zusammenzusinken beginnt. Sie hat sich nun schon mehrere Tage diesen nörgelnden Ton aus dem Mund dieses Riesen angehört, sie versteht dabei kein einziges Wort, der Mann spricht Deutsch, der Mann ihrer Tochter. Er ist ein Jahr älter als Nina, und so ist es ganz selbstverständlich, sich vor ihm aufzubauen, man ist ja schließlich eine Generation, und sie muss ihre Tochter beschützen. Die sitzt wie eine Unbeteiligte am Tisch, eine, über die das alles hereinzubrechen scheint. «Überleben» ist der Titel dieses Bildes.

Ninas Tochter Lena hat eine Kreuzfahrt gemacht, nicht zum Vergnügen, sondern um Geld zu verdienen, und dort hat sie diesen Mann kennengelernt. Ein grauhaariger Riese in einem hellblauen Smoking mit Seidenrevers, ranziger Chic, ein Alleinunterhalter, der älteren Kreuzfahrtdamen ein verstaubtes Kribbeln im Bauch beschert. Von «New York, New York» bis «Hier kommt der Eiermann» bewegen sich seine musikalischen Möglichkeiten, und eine ganze Armee von Keyboards, Saxofonen und Querflöten erweckt den Eindruck, als wollte er sich ganz allein in ein Orchester verwandeln. Was dabei herauskommt, ist ein charmant-verbrauchter Lärm aus verblassten Hoffnungen und Jugendträumen ebenjener gealterten Kreuzfahrtdamen.

Als Nina sein Haus an der B 77 betritt, findet sie dort lauter Spuren verpasster Gelegenheiten vor, kleine Etappenerfolge und einen Müllberg aus zusammenstibitzten Hotelutensilien: Bademäntel, Seifendöschen und Hotelschlappen von unzähligen Tourorten, an denen Horst Karl Johnny gastiert hat. Als Nina ihre Tochter im Hafen von Kasan abholen wollte und die Matrosen auf dem einlaufenden Schiff bei ihrem Anblick vor Begeisterung zu pfeifen anfingen, sagte Horst Karl Johnny stolz auf die Frage «Wer ist das?»: «Meine Schwiegermutter.»

Jetzt baut sich also seine Schwiegermutter am Frühstückstisch vor ihm auf und erklärt ihm in bildreicher russischer Sprache, die er nicht versteht, wie man seine Ehefrau zu behandeln hat, oder genauer, wie sie sich das vorstellt: respektvoll und ehrlich. Aus seinen müden blauen Augen sieht Horst Karl Johnny sie tatsächlich respektvoll an, diese tapfere eigenartige Frau, mit der er, ohne es zu wissen, eine Leidenschaft fürs Klauen teilt, denn einige seiner Kreuzfahrtschlappen, Hilton-Hotel-Handtücher und Klappzahnbürsten werden schon bald ihren letzten Lebensabschnitt in Kasan an der Wolga verbringen, in einem muffigen Holzschrank. Nina wird diesen Ort an der Bundesstraße nicht ohne reiche Beute verlassen. Neben den Hilton-Handtüchern wird sie Suppenteller mit blauem maritimem Muster, schicke Sommer-T-Shirts ihrer Tochter und sogar eine Spielzeugfigur ihrer Enkeltochter, einen Cockerspaniel mit Welpen in einem Hundekörbchen auf einem rot karierten Deckchen, mitgehen lassen. Während ihres gesamten Aufenthalts hat Lena immer wieder gefragt: Hast du dies oder jenes gesehen? Es erklingt stets ein hartes, kurzes Nein. Dabei hätte Lena nur einmal in den prall gefüllten Koffer schauen müssen, wo Nina ihr Diebesgut auf engstem Raum zusammenstopfte. Es kam Lena gar nicht in den Sinn, ihre Mutter als Diebin zu vermuten, genauso wie es ihr nicht aufgefallen war, dass sie in die Arme eines verzweifelten alternden Alleinunterhalters geraten war und deshalb jede Art von kindischem Angriff erwarten konnte, aber ganz gewiss keinen Respekt.

Nun betritt also Nina diesen Trümmerhaufen, und es gefällt ihr ganz gut, darauf herumzustolzieren und ein paar Vorschläge zu machen, wie man diese Sackgasse zu einem gemütlichen Heim umgestalten kann. Sie begleitet Lena zum Einkaufen in den Supermarkt und staunt mit großen Glotzaugen über die Makellosigkeit der Äpfel und die Varianten von immergleichen Artikeln, unzählige Sorten von Nudeln und Wurst. Wie ein Zwergengeneral begutachtet sie die Schaufenster von Woolworth und bestätigt dem Westen seinen Ruf, geschmackvoll zu sein.

Ihre Tochter hatte den Sprung in eine neue Realität gewagt. Sie hatte das Unvorstellbare getan, sich vom Vertrauten abgeschnitten und in einem fremden Land ohne Boden unter den Füßen in den Armen einer zwielichtigen Gestalt begonnen, ein neues Leben zu bauen.

Nina weiß nichts über diese westliche Realität. Was sie beobachtet, sind die Versatzstücke eines Dorfes an der B 77. Nebenan lebt ein Schweinebauer. Das Haus des Alleinunterhalters steht direkt am Hof der Schweinezucht, und die Luft ist erfüllt von Güllegestank. Manchmal sterben die überzüchteten Tiere vorzeitig und liegen schwer und aufgedunsen auf dem Hof. Fliegen bevölkern die Küche, und überall hängen dick bepackte Fliegenfänger. Nina wird herumgeführt und lässt sich die Nachbarhäuser zeigen. Es erstaunt sie, dass eine Familie allein ein eigenes Haus bewohnen kann.

Ihre Tochter lebt hier ohne Freunde, ohne Familie, ausgestellt wie eine exotische Topfpflanze in einem biederen Wohnzimmer. Das Haus ist ein marodes Schlachtschiff. Die Fenster schließen nicht mehr richtig, überall stehen Horst Karl Johnnys riesige Schuhe in Schuhgröße 47 herum. Das Wohnzimmer ist bevölkert von unzusammenhängenden Beweisstücken besserer Zeiten. Ein weißer Biedermeiertisch mit bestickten Stühlen, übrig geblieben und vereinsamt zwischen den dunkelbraunen Schrankwänden und dem schlammgrünen riesigen Samtsofa. Ein Klavier ist in eine Ecke gequetscht. Auf dem Dachboden stapeln sich Kisten über Kisten voller Kreuzfahrterinnerungen, Jazzplatten und Werbegeschenkmüll.

Im Kopf dieses Mannes sieht es ähnlich aus wie auf dem Dachboden. Ein Jahrmarkt, auf dem seine Ängste täglich rauschende Nachmittage verbringen. Stundenlang kann er mutmaßen, wer ihn heute übers Ohr gehauen hat oder übers Ohr hauen wird. An diesen rastlosen Nachmittagen durchläuft seine Stimme eine weitaus beeindruckendere Bandbreite an Tonarten als sein Saxofon am Abend.

Nach seinen Auftritten fährt Horst Karl Johnny oft erst spät nach Hause, schläft in seinem Jeep kurz vor dem Dorf ein und landet im Graben, sodass er zu Fuß nach Hause kommt und der Bauer den Wagen mit dem Trecker abschleppen muss. Seine Lippen sind oft blau und aufgeplatzt vom zu langen Üben kurz vor dem Auftritt, und seinen wuchtigen Körper auf dünnen Beinen quält er regelmäßig mit selbsterdachten Diäten. Besonders mag er die Eisdiät, bei der er mehrere Wochen einfach nur Eis isst. Er liebt den großen Auftritt. Er fährt nachts nach Hamburg mit seiner schönen russischen Frau, spaziert über die Reeperbahn, kauft ihr teure Schuhe und schäkert mit den Nachtarbeiterinnen. Er kauft seiner Stieftochter oft Kuscheltiere an Tankstellen, kleine Tiger und Giraffen, die das Mädchen daran erinnern, dass das Geld auch diesen Monat spätestens am 18. alle sein wird und das Abendbrot den Rest des Monats immer das gleiche bleibt.

Nina sieht das alles, aber das neue hinkende Leben findet ja im Westen statt, und im Westen ist auch eine

Sackgasse schillernd. Ihre Tochter wird schon eine Lösung finden, da ist sie sich sicher. Derweil spaziert sie allein durch das Dorf, grüßt freundlich mit den wenigen deutschen Worten, die sie extra für diesen Ausflug gelernt hat. Auch sie liebt den großen Auftritt, und auf eine merkwürdige Art hat sie dieses große angeschossene Entertainerwalross gern. Wenn er an einem freien Abend – und derer gibt es viele – auf der Couch vor dem Fernseher liegt, schmiert ihm seine junge Frau kleine Leberwursthäppchen, garniert mit Gurkenstücken, während Nina ihm Gesellschaft leistet auf dem schlammgrünen Samtsofa und schweigt.

Nina fliegt nach ungefähr einem Monat zurück nach Kasan. Sie lässt ihre Tochter in der Ungewissheit zurück, und wie sich Lena aus dieser Sackgasse befreit, das bleibt ihre Verantwortung. Mischa aber, Lenas Bruder, wird Lena nicht allein lassen. Er wird nach Deutschland kommen. Wie damals, als sie noch klein waren und er mit seinem Holzschwert vor ihr herging, um die Brennnesseln aus dem Weg zu schlagen, wird er irgendwann mit einem weißen Opel auftauchen in dieser Schweinestallidylle und sagen: «Pack, wir fahren!»

Lena wird sich schämen vor dem abwesenden Mann. Diese eigenartige Scham der unter die Räder Geratenen. Diese Suche nach dem Sinn im Sinnlosen und die Wärme, die man für den Menschen empfindet, der einen quält, wenn man lange und oft genug neben ihm am Frühstückstisch gesessen hat. Lena wird sich also schämen und weinen am Telefon, Horst Karl Johnny auf der anderen Seite der Leitung schreien hören, auf den Boden sinken und versuchen, das Unerklärliche zu erklären, warum ein Mensch glücklich sein will. Ist das Glück wirklich nur denen vorbehalten, die nicht überleben müssen, sondern leben dürfen? Oder sollte man einfach rechtzeitig lernen, die Zeichen zu lesen, so wie Nina damals in der Psychiatrie? Die unzähligen beiläufigen Zeichen, etwa wenn wir uns im Gespräch mit einer Person befinden und verwundert feststellen, dass unsere Füße zur offenen Gartentür zeigen. Da wäre es angebracht, das als Hinweis zu lesen, dass unsere Füße eine Entscheidung getroffen haben, die in unserem Bewusstsein manchmal erst Jahre später ankommen wird. So hatte Lena auf dem Kreuzfahrtschiff viele Zeichen nicht gelesen, und so muss sie nun auf den Boden sinken und weinen, während ihr Kind und ihr Bruder die Habseligkeiten für einen neuen Neuanfang zusammensammeln: zwei Messer, zwei Gabeln, zwei Teller, zwei Tassen.

Nina wird den Rest dieser Geschichte in ihrer Fantasie auskleiden. Wie Lena sich durch Wohnheime, Jobs und Fortbildungen, Freiberuflichkeit und Sachbearbeitung graben wird, unermüdlich und tapfer, das wird sie ihrer Mutter nicht erzählen. Sie wird keine schillernde Sackgasse und keinen Anpassungsversuch auslassen, und mit weit über sechzig, wenn ihre Mutter Nina längst tot ist, wird ihr ein Satz wie ein Nagel im Hirn stecken bleiben, Ninas Satz: «Dein Talent reicht nur zum Entwerfen von Streichholzschachteln.»

Der deutsche Vorgarten

In einem verwilderten Garten vor einem Haus direkt an der Bundesstraße, auf der die Lkws donnernd vorbeirasen, läuft Lena wie ein gefangenes Wildtier im Kreis, manchmal stundenlang. Sie hat einen präzisen Kreis heruntergetrampelt, und diesen Kreis läuft sie am Nachmittag ab. Ihre Tochter beobachtet das kleine Drama von ihrem Balkon in der ersten Etage. Lena trägt einen verwaschenen rot-blauen Jogginganzug und ihre quadratische Brille, die ihr immer wieder von der Nase rutscht. Ein ungepflegter Garten direkt an der B 77, in dem sie stoisch ihre Kreise dreht, Stunde um Stunde, während ungefähr 2700 Kilometer weiter östlich Gorbatschow am 4. August 1991 in den Urlaub fliegt. Der Puls beschleunigt sich. Runde um Runde dreht Lena allein in diesem Garten, scheinbar ungesehen, nur von einem Kind beobachtet, während 2700 Kilometer weiter östlich das Gebilde ihrer bisherigen Realität in seine Einzelteile zerfällt.

Der Chef des KGB führt die Verschwörung gegen Gorbatschow an. In einem alten KGB-Gebäude im Südosten von Moskau wird ein Zusammentreffen von fünf

Personen aus der Regierung und der kommunistischen Partei organisiert. Sie wollen die Unruheherde im Land lokalisieren, und sie beschließen, eine Delegation zu Gorbatschow ans Schwarze Meer zu schicken und ihm eine letzte Chance zu geben, seinen Kurs zu ändern. Bevor die fünf Männer in der Villa des Staatschefs eintreffen, werden alle seine Telefone stillgelegt. Als die Delegation die Urlaubsvilla betritt, ist Gorbatschow überrascht. Er bespricht sich mit seiner Familie und versucht vergebens, den Geheimdienstchef in Moskau zu erreichen. Er führt die Männer in sein Büro. Dort sagt er, er kenne die Lage in Russland genauso gut wie sie, und bittet sie, die weiteren Entscheidungen dem Parlament zu überlassen. Den Bescheid zur Bewilligung des Ausnahmezustandes unterschreibt er nicht, ferner sagt er, sein Hexenschuss hindere ihn daran, in ein Flugzeug zu steigen und nach Moskau zu fliegen. Nach einer Stunde in seinem Arbeitszimmer gibt er den Männern freundlich die Hand und führt die Gruppe aus seiner Villa. Im Büro des Ministerpräsidenten in Moskau versammelt sich derweil fast die ganze russische Regierungsspitze. Hier wird Gorbatschows Absetzung beschlossen. Um vier Uhr morgens des 19. August 1991 tritt der Ausnahmezustand in Russland in Kraft.

Lena sitzt vor dem Fernseher auf dem schlammgrünen Samtsofa und sieht Panzer durch Moskau rollen. Wie ein fernes Echo erreichen sie die Schreie ihrer ehemaligen Mitbürger. Ein bitteres Versteck ist dieses marode deutsche Haus an der B 77, wo eine kleine Maus das Wohnzimmer durchquert, während sie zusieht, wie russische Bürger die Panzer stürmen und die Fahrer aus ihren Kabinen zerren. Boris Jelzin verfasst einen Aufruf an das russische Volk, gegen die Putschisten vorzugehen.

Auch Nina sitzt vor dem Fernseher, sie allerdings in Kasan, und beobachtet die Ereignisse in Moskau. Während das erste Programm Schwanensee sendet, zeigt das zweite Programm, wie Barrikaden auf dem Roten Platz errichtet werden und Zivilisten versuchen, die Panzer am Weiterfahren zu hindern. Es gelingt den Menschen, die Panzer aufzuhalten, einige Panzerfahrer steigen aus und unterhalten sich mit den Bürgern. Als Jelzin das hört, springt er auf und ruft: «Ich geh da hin!» Niemandem gelingt es, ihn von der Gefährlichkeit der Situation zu überzeugen, und so klettert auch Jelzin auf einen Panzer und schickt ein Bild um die Welt, das ihn als Retter und Widerständler zeigt. Man munkelt, Gorbatschow habe einen Herzinfarkt erlitten. Das Militär, das sich durch Moskaus Straßen bewegt, hat den strikten Befehl, nicht zu schießen, und immer mehr Menschen stürmen auf die Straßen, werfen sich vor die Panzer, klettern an ihnen hoch.

Horst Karl Johnny kommt nach Hause, breitet seine hundertzehn Kilo auf dem schlammgrünen Samtsofa aus und betrachtet das Treiben in Moskau. Gesprochen wird nicht. Es ist zu offensichtlich, dass die schöne junge Frau neben ihm in seinem Garten um ihr Überleben kämpft, wenigstens diesbezüglich beweist er Takt und schweigt.

Die Nachrichtensprecherin im russischen Fernsehen, gekleidet in eine gemütliche graue Strickjacke, informiert die Zuschauer mit ruhiger Stimme, dass Vizepräsident Jelzin fortan die Amtsgeschäfte von Gorbatschow übernimmt, Gorbatschow selbst sei krank.

Am späten Nachmittag tritt ein achtköpfiges Staatskomitee vor die Presse und verkündet den Ausnahmezustand. Nina beobachtet vor dem Fernseher, wie dem Vizepräsidenten die Hände zittern, und ist sich sicher, dass dieser Aufruhr bald ein Ende hat.

Im Weißen Haus in Moskau verschanzen sich die Regierungsführer. Möbelstücke werden in den Flur gezerrt, Türen verbarrikadiert. Am 20. August warten die Putschisten von 22.00 bis 2.00 Uhr auf einen Kampfbefehl, der nicht erfolgt. Orientierungslos patrouillieren Panzer durch Moskau und rollen dabei in einen Tunnel. Dort stecken sie fest. Drei junge Männer sterben. Als die Putschisten von den Toten erfahren, befehlen sie den Rückzug. Nach zweiundsiebzig Stunden wird Gorbatschow aus seiner Geiselhaft befreit und kehrt am 22. August 1991 in ein verändertes Russland zurück.

Lena und Horst Karl Johnny sitzen noch immer auf dem schlammgrünen Sofa und starren den Bildschirm an. Im Nebenzimmer tickt eine alte Wanduhr, und die Lkws donnern in regelmäßigen Abständen die Bundesstraße entlang und transportieren Wohlstand. Lena steht auf und verlässt das Zimmer. Sie geht ins Bad und weint. Sitzt auf dem Klodeckel, eine erfolgreich Davongekommene, und es schüttelt sie am ganzen Körper. Sie denkt an die Paraden und die uniformierten Kinderkörper, die winkend in langen Reihen in die Zukunft strahlten. Lena war Teil von ihnen. Sie denkt an die Rübeneinsätze mit den Studienkollegen und die Schwüre, die sie geleistet hat auf Lenin und die Partei: «Wir Jungpioniere lieben die Heimat, lieben die Eltern, lieben den Frieden! Wir halten Freundschaft mit den Kindern der Sowjetunion und allen Ländern, lernen fleißig und ordentlich und diszipliniert. Wir Jungpioniere halten uns sauber und helfen den Alten.» Zwei Jahrzehnte Schwüre und Parolen und ein heiterer, aufrichtiger Kinderglaube in Lenas Herzen, der jetzt zerbricht.

Sie wäscht sich ihr Gesicht mit kühlem Wasser und geht über den Hof in den Vorgarten. Eine seltsame Erfindung in Lenas Augen, dieser Streifen Erde vor dem Haus, fein säuberlich eingezäunt und nur mit Gras bepflanzt. Keine Blumen, kein Beet. Auch das ein Zeichen von Wohlstand, ungenutztes Land. Ein Ausguck für die junge Frau, die nun das dicke Wort Freiheit von den äußersten Rändern her lesen lernen muss. Ein schales Gefühl bleibt im Mund wie der unangenehme Nachgeschmack, der auf ein fettiges Essen folgt. Lenas Zukunft ist nun der deutsche Vorgarten. Wie in einem Gefängnishof läuft sie in ihrem blau-roten Jogginganzug ihre präzisen Runden in diesem Garten, beobachtet von ihrem Kind, den Nachbarn und dem Pony, das hinter dem Stromzaun desinteressiert grast.

Am Abend sitzt sie wieder mit Horst Karl Johnny auf dem schlammgrünen Sofa. Er kaut Leberwursthäppchen, und sie starrt den Bildschirm an. Sie sieht den

Roten Platz, überflutet von Menschen, die den Namen Jelzin rufen. Rotwangig, gut genährt und strahlend schwenkt Jelzin die weiß-blau-rote Fahne. Ein Märchen wird durch ein anderes Märchen ersetzt.

Einkaufstaschen voller Geld

Im Jahre 1991 stellt ein Kasaner Physikprofessor in seinem Arbeitszimmer einen kleinen Klapptisch aus seinem Wochenendgartenhäuschen auf. Auf diesen alten, schäbigen Gartentisch legt er ein Tischdeckchen, das seine Schwiegermutter gehäkelt hat, und darauf verteilt er Mars- und Snickers-Riegel. Das tut er nicht, weil jemand Geburtstag hat oder für eine Abteilungsfeier, sondern für den Verkauf. Das ist sein kleiner kapitalistischer Tischkiosk in seinem Büro, denn während er zur Arbeit geht und kein Gehalt für diese Arbeit ausgezahlt bekommt, will er doch ein wenig Geld machen für das Nötigste. So oder so ähnlich beginnt sie zu bröckeln, die kommunistische Idee.

Das Weiß des Himmels ist mit grauen, dichten Wolken durchzogen, kein Fetzen Blau darin. Nina hat es heraufziehen sehen, das Zerbrechen einer Idee. Wie so oft hatte sie auf den Umbruch nur eine Antwort: Erde kaufen. Einen Garten, diesmal einen Garten am Abhang. Manchmal scheint es, als würde sie nur für die Erde echte Zärtlichkeit empfinden. Denn sie, die Erde, bleibt, sie bleibt beständig. Sie kennt keine Launen, keine Ideologien, sondern nur verborgene Gesetze, die sie eisern befolgt.

Nina trägt meistens keine Handschuhe, wenn sie in der Erde gräbt. Die Fingernägel sind bei ihr ein Werkzeug, und die Handoberfläche ist ein Messgerät für die Temperatur und Konsistenz der Erde. Mit ihren Nägeln kann sie Wurzeln durchtrennen, Steine von Dreck befreien, Saatgut öffnen, um sein Inneres zu prüfen. Sie steht zwischen den Stauden mit in die Luft gestrecktem Hintern, den Rücken nach unten geneigt, und wühlt sich durch die Erde. Die demokratische Idee, ein Mitbestimmen, ein Mitdenken, das gibt es in ihrem Kopf nicht. Was es gibt, ist das rechtzeitige Reagieren, das Zugreifen, wenn der Wind sich dreht und eine Entwicklung zu einem Ende kommt. Loslassen, so wie im Herbst die Blätter fallen, das Leben aber in den Zweigen verborgen bleibt bis zum nächsten Frühling. Zwei, drei Jahre kann man Samen lagern. In braune Tütchen verpackt, in Einmachgläsern versteckt, sind das Ninas Schätze, die den Winter über auf ihre Zärtlichkeit warten. Wer weiß, ob je ein Mann diese Zärtlichkeit kennengelernt hat, und deshalb kennt Nina auch nur die Dankbarkeit der Blätter, Stauden, Blumen und Beeren. Was sie anfasst, wird grün, blüht, gedeiht. Sie baut aus altem Kinderspielzeug und ausrangierten CDs flackernde Vogelscheuchen, die in alte Strampelanzüge gekleidet sind. Sie verwendet alles, was von ihrem alten Leben übrig geblieben ist, als Baumaterial. Kinderwannen, die sie zersägt und zum Pflanzen verwendet, zerrissene Nylons zum Anbinden der Stauden, alte Plastiktüten zum Abdecken und Kinderfahrräder für den Transport von Baumaterial.

In der Zwischenzeit schmilzt das Geld wie Eis in der Sonne. Die Inflation nimmt Fahrt auf. Mit Taschen voller Geld geht man zum Markt und verlässt ihn wieder mit einer Handvoll Äpfel und Tomaten. Die Gehälter werden nicht ausgezahlt, und in den Supermärkten gähnt Nina die Ausweglosigkeit aus den leeren Regalen entgegen. Auf dem kleinen Markt an der Ecke stehen Ärzte und Rechtsanwälte und verkaufen Kleidung und Geschirr, und jede Mahlzeit wird zu einer Rechenleistung. Papiermarken werden ausgeteilt für das Nötigste. Sogar für Wodka gibt es diese kleinen Zettelchen, und die Spirituose wird zum Zahlungsmittel für Handwerker und Zahnarztbesuche. Die Menschen stehen hintereinander die Bürgersteige entlang und wuchern in die Straßen hinein. Familien lösen sich beim Schlangestehen alle paar Stunden ab, und die ganze Stadt erstarrt zu einer gewaltigen Warteschlange.

Inzwischen legt Nina selbst Hand an und zieht eigene Tomaten für das ganze Jahr. Sobald die frisch gepflanzten Stauden ungefähr dreißig Zentimeter hoch sind, härtet Nina sie geduldig ab. Tag für Tag stellt sie die jungen Pflanzen erst ein paar Stunden in den Schatten, dann den ganzen Tag bis zum Abend, am dritten Tag dann ein paar Stunden in die Sonne. Sie kennt die Sonne und auch ihre Pflanzen gut. Sie hat es im Gefühl, wann es genug ist. Eine Woche gibt sie den Gewächsen, damit sie das neue Leben draußen kennenlernen. Dann werden sie eingepflanzt, und nun geht es darum, sie zu schützen. Denn zu viel Feuchtigkeit mögen die Tomaten nicht und auch keinen Frost. Also muss sie auch manchmal bei anhaltendem Regen in den Garten und die Stauden abdecken, um sie wenig später wieder offen zu legen und selbst zu gießen. Die Tomatenpflanzen bekommen Raum, mindestens fünfzig Zentimeter zwischen den einzelnen Pflanzen. Sie baut den Tomaten ein Gestänge aus Stäben und Zweigen, die sie beim Spazierengehen findet, und bindet sie mit ihren Strumpfhosenresten fest.

Währenddessen ist die Struktur ihres Alltags nicht mehr erkennbar. Die Regale in den Supermärkten sind nun fast vollständig leer, ein modriger Geruch zieht durch die Räume. Zorn zeigt sich in den Gesichtern der Menschen, und überall wird gestritten um Mehl, Zucker und Fleisch.

Nina klingelt bei den Nachbarn und fragt, ob sie noch Bretter haben, die sie nicht brauchen, oder anderes Baumaterial. Sie will ein Häuschen bauen in ihrem Garten am Abhang. Nägel hat sie noch aus der Stalinzeit, in kleinen Kisten zu hohen Türmchen gestapelt. Sogar Beton muss her, eine Toilette, ein Abfluss. Wie das geht, so ein Häuschen zu bauen, das lässt sich erfragen. Die Gefragten bieten ihre Hilfe an: «Nina Nikolaijewna, das können Sie doch nicht allein, lassen Sie sich helfen.» – «Doch, das kann ich allein», ist ihre Antwort.

Sie legt auch einen Kompost an, in einer Ecke des Gartens findet sie dafür den richtigen Platz. Vom See in der Nähe holt sie Zweige und Schilf und schichtet sie übereinander und beginnt dann, pflanzliche Reste, die vom Essen übrig bleiben, in den Garten zu tragen, Kartoffelschalen, Kohlreste und Apfelgehäuse. Schicht um Schicht baut sie den Kompost auf. Sie sammelt Regenwürmer und verteilt sie auf den Kompostschichten. Manchmal nimmt sie sogar ein Einmachglas mit auf ihren Nachmittagsspaziergang und erspäht mit ihren immer noch guten Augen den einen oder anderen Wurm. Ein Jahr wird es dauern, bis aus dem modernden Haufen duftende Erde geworden ist. Sie wird den stinkenden Haufen sorgfältig umschichten und belüften, mit immer neuen Regenwürmern füttern und ihn wie einen guten Freund begleiten. Manchmal, wenn es kalt ist und der erste Frost sich auf den Garten legt, dampft der Kompost wie ein Körper. Nina steht dann neben ihm und schaut ihm zu bei seiner Verwandlung.

Für die Menschen aber ist der Wandel in den Neunzigerjahren verheerend. Wie eine schützende Decke ist der Kommunismus über ihren Köpfen weggerissen worden, und nun ist Selbstständigkeit gefragt. Woher aber Selbstständigkeit nehmen, wenn man ein Leben lang Gehorsam gelernt hat? Eine kleine, freche Gruppe teilt das große Russland in große Stücke und macht großes Geld, während der Rest den Kopf einzieht und in seiner Erinnerung wohnen bleibt, Nachbarschaftshilfe pflegt und im Herbst Pilze sammeln geht. Auch Nina zieht den Kopf ein. Wenn der Teller leer ist, müssen eben die Ärmel hochgekrempelt werden. So haben die, die ein Stück Erde besitzen und bereit sind, um fünf Uhr aufzustehen, immer noch genug auf dem Teller. Manch einer öffnet vor dem Schlafengehen noch schnell die Bodenklappe zum Keller und schaut sich seine Schätze an. Da lagern die guten Kartoffeln und die Einmachgläser mit Sauerkraut, Tomaten, Gurken und Marmelade. Große Fünf-Liter-Gläser in Reih und Glied, zehn oder zwanzig davon, ein Goldschatz für den Winter. Auf dem tatarischen Markt sind die Stände immer noch prall gefüllt mit Trockenobst und Lammfleisch, und der geschickte Bürger scheut auch nicht die Reise nach Moskau, um gezuckerte Kondensmilch zu besorgen. Was die Politik macht, zählt jetzt nicht, es zählen die eigenen Hände und Füße, und der Bürger macht sich an die Arbeit ohne den Zwischenwirt Geld.

Dann sprießen sie wie im Herbst die Pilze aus dem Boden: Kirchen und Moscheen. Zwiebeltürmchen in leuchtend blauer Hoffnungsfarbe angepinselt, und die grün-weißen Mosaikmoscheen drängen mit Gebetsrufen aus dem Vergessen ans Tageslicht, und der Gläubige baut sich wieder ein Nest, nah an der Mutter Erde, und reckt den Kopf in seinen privaten Träumen in ein Jenseits hinein, während die Füße noch tief im Dreck stecken bleiben.

Nina schneidet die Blumen an den Rändern des Gartens ab und stellt die frischen Nelken auf ihren kleinen klapprigen Gartentisch – auch das Auge braucht seine Speise. Nelken hat sie besonders gern, weiße und rote. Der Buchweizengrützetopf liegt in Tücher gewickelt im Bett und wärmt es vor für die Nacht. Nina schaut unterdessen mit strengem Blick auf die Erde, die sich leicht hebt in dem Beet direkt vor dem Eingang. Sie runzelt die Stirn, und die Falte zwischen ihren Augenbrauen wird noch tiefer, denn was sich da hebt und senkt, ist die nervenzernagende Nachbarin, die ihr schon lange bekannt ist: die Wühlmaus. Im Laufe ihres Lebens hat sie einiges probiert, um diesen garstigen braunen Winzling in den Griff zu bekommen. Sie hat mit Wasser die Mäusegänge gespült, Lappen in Essig getaucht und in die Gänge gestopft und Mausefallen aufgestellt. Jetzt aber lässt sie das alles sein. Dann wohnt sie halt zusammen mit der Wühlmaus. Eine zusätzliche Handvoll Blumenzwiebeln streut sie aus und hofft, dass der Nager seine Gier im Zaum halten kann und der Garten sie und die Wühlmaus satt machen wird.

Die heilige Muttergottes von Kasan

Da ist eine sehr lange Schlange, in der ich anstehen muss, wenn ich sie sehen will. Viele Hinterköpfe, mit Kopftüchern bedeckt, stehen vor mir, und ich warte geduldig, bis eine wuchtige, verschwitzte Frau die verschmierte Glasscheibe vor der Muttergottes abwischt, damit auch ich einen feuchten Kuss dort hinterlassen kann – was ich lieber nicht tue, nach dreißig Jahren im Westen würde mir das wahrscheinlich nicht gut bekommen.

Das Gesicht der heiligen Muttergottes von Kasan ist kaum zu erkennen. Nur noch ein Schatten ihrer Nase lässt sich erahnen. Ihre sanften, vollen Lippen und die Augen, die mit einem Hauch Weiß auf den Betrachter gerichtet sind, male ich mir in meiner Vorstellung aus. Ihr Haupt ist dem Gotteskind zugeneigt. Das Gotteskind selbst ist aufrecht, ein kleiner Mensch, kein Kind, und es blickt ebenfalls den Betrachter an. Der Rest des Bildes ist über und über bedeckt mit Edelsteinen. Grünen, hellblauen, dunkelblauen Steinen, einige pinke und violette sind darunter und tiefrote und durchsichtige. Wie eine schillernde Bürde trägt die Ikone ihre Bedeutung, und das Gesicht der Gottesmutter verschwindet fast unter dieser Last. Der Rahmen ist aus schwerem Metall, Metallblüten und Blätter zieren ihn.

Kasan ist die erste Station der Transsibirischen Eisenbahn auf ihrer Reise durch das asiatische Russland. Im Winter friert die Wolga zu, wird überquerbar für Menschen, Tiere und Fahrzeuge. Kasan ist älter als Moskau, hier gab es bereits einen Staat, als das Moskauer Großfürstentum noch nicht existierte. Vor der Eroberung durch die Nachfahren Dschingis Khans, die mit ihrer Goldenen Horde über das Eis kamen, gab es an der Wolga das Reich der Wolgabulgaren, ein zum Islam konvertiertes Volk, das etwa seit dem 7. Jahrhundert dort lebte. Während der dreihundert Jahre Herrschaft der Goldenen Horde lebten Mongolen, Wolgabulgaren und andere kleine Ethnien als Tataren in diesem Landstrich. In Kasan standen Kirchen neben Moscheen, und die Menschen lebten in Religionsfreiheit zusammen. Im 16. Jahrhundert endete die Glaubensfreiheit, als Iwan der Schreckliche mit seiner Armee die Stadt einnahm. Ungefähr da muss es gewesen sein, dass die Gottesmutter von Kasan verloren ging, in den Kriegswirren und Kriegsbränden, vielleicht gerettet von verzweifelten Händen, die sie hastig verscharrten unter den Trümmern eines verbrannten Hauses.

Was wahr ist von dem, was man sich erzählt über die Ikone, bleibt im Dunkeln. In jedem Schädel schreibt wohl ein Erzähler für einen einzigen Leser eine Geschichte, deren Ende der Schreibende nicht kennt.

Die Ikone der heiligen Muttergottes von Kasan wurde mutmaßlich im 13. Jahrhundert aus Konstantinopel nach Kasan gebracht. Daraufhin verliert sich ihre Spur. Um das Jahr 1579 soll ein kleines Mädchen, Matrjona, einen Traum gehabt haben. Die heilige Muttergottes erschien ihr, wahrscheinlich weiß oder hellblau gekleidet, mit wehendem blonden Haar und einem makellosen Puppengesicht, und trug Matrjona auf, unter den Trümmern eines verbrannten Hauses eine Ikone auszugraben. Die neunjährige Matrjona nahm die Aufforderung nicht ernst und schlief weiter. Einige Wochen später träumte ihr ein weiteres Mal von der Gottesmutter. Aber erst als die missgelaunte Muttergottes Matrjona ein drittes Mal im Traum erschien und mit göttlichen Konsequenzen drohte, tat Matrjona wie ihr geheißen und suchte das verbrannte Haus. Einen Meter unter der Erde an der beschriebenen Stelle konnte sie zusammen mit ihren Eltern tatsächlich eine unversehrte Ikone bergen. Bald schon hörte man von Wundern, die diese Ikone wirkte, und die Kunde davon verbreitete sich im ganzen Land. Iwan der Schreckliche war bezaubert von der Schönheit der Ikone und dem Liebreiz des kleinen Mädchens mit den keck abstehenden Zöpfen und baute an der Stelle des Fundorts ein Kloster, das Matrjona zeit ihres Lebens leiten sollte.

Nachdem die Ikone der heiligen Muttergottes von Kasan als Schutzpatronin an einigen Kriegen teilgenommen hatte, wurde sie in der Nacht vom 29. Juni 1904 gestohlen. Ein Dieb, ein gewisser Tschejkin, hatte es auf den prachtvollen, mit Steinen besetzten Rahmen abgesehen, sagte man. Angeblich zerstörte er die Ikone. Einige Stimmen behaupteten allerdings, konservative Altgläubige hätten Tschejkin die Ikone abgekauft und versteckt.

Während der Leningrader Blockade von 1941 bis 1944 tauchte sie allerdings wieder auf und wurde bei Prozessionen zum Schutz der Stadt präsentiert. Sie verschwand daraufhin abermals, bis 1953 der sagen- und lügenumwobene Abenteurer F. A. Mitchell-Hedges die heilige Muttergottes (oder eine ihrer Schwestern) aus unbekannten Händen kaufte und sie auf eine Wanderung durch allerlei heimliche Bildergalerien schickte. 1964 wurde sie in einem eigens für sie errichteten Pavillon bei der Weltausstellung in New York gezeigt. Die *New York Times* schrieb, die Besucher seien zu Tränen gerührt gewesen ob der Schönheit der Ikone.

Zu jener Zeit war in Russland das Beten verboten, der Glaube sollte nur dem Irdischen gelten. Männer aus Fleisch und Blut mussten für die Verehrung herhalten. Die Kirchen, die nicht gesprengt wurden, standen abgedunkelt in der Landschaft und hielten den Atem an. In diesen Kirchen verblassten die Fresken, die Fenster wurden schmutzig gehalten oder mit schwarzem Tuch verhängt. Statuen, die im Tageslicht standen, sollten nun Verehrung erfahren. Aber Lenins und Stalins Gesichter konnten den Hunger nach dem Göttlichen nicht stillen. Heimlich wurden Kopien der Muttergottes von Kasan angefertigt und verehrt.

Die «echte» Gottesmutter von Kasan landete derweil

in den Händen von Father John, der sie für einen Tag betreute. Father John leitete damals eine der heiligen Muttergottes von Kasan gewidmete Kirche in Boston, ein Stück Heimat für die russischen Immigranten in Amerika, und auf unerklärliche Weise tauchte die Ikone hier wieder auf. Am 8. Dezember 1963 verbrachte sie ungefähr vierundzwanzig Stunden an diesem Ort. Tausende Menschen strömten in die Kapelle, um vor der Ikone zu beten. Nach dieser kurzen Rast wurde die Kasanskaja, wie die Ikone auch genannt wird, auf eine Spendenreise durch ganz Amerika geschickt. In allen orthodoxen Kirchen des Landes rief man zum Spenden auf, um die Ikone aus dem Privatbesitz eines Sammlers freizukaufen. Der Plan war, ihr in San Francisco eine Kirche zu bauen, in der sie bleiben sollte. Doch die Spendengelder verschwanden in privaten Taschen, und die Kasanskaja konnte nicht entprivatisiert werden.

Im Jahr 1970 gelang es schließlich der Blauen Armee Mariens, sie zu kaufen. Für über eine Million Dollar erwarb die katholische Laienbewegung die Ikone und schickte sie nach Fátima in Portugal. In Fátima hatten nämlich drei Seherkinder auch Marienerscheinungen gehabt; die Heilige Jungfrau hatte dazu aufgerufen, Russland zu bekehren, um Kriegen, Verfolgungen und Irrtümern Einhalt zu gebieten. Dort in Fátima nahm Father John die heilige Muttergottes für neun Jahre wieder in seine fürsorgliche Obhut. Nun begann die zärtliche Wiederbelebung der Gottesmutter, denn verschiedene Edelsteine fehlten und mussten ersetzt werden. Der alte Mann mit dem schweren, müden Leib und den triefenden Bulldoggenaugen nannte die Kasanskaja seine große Liebe und hatte bereits zu Lebzeiten sein zukünftiges Grab mit ihrem Bild geschmückt. Großzügige Spender aus Deutschland, Österreich und Amerika sendeten Edelsteine, so viele, dass Father John einen neuen größeren Rahmen anfertigen lassen musste, um Platz zu finden für die überbordende Pracht. Man betete in Fátima vor der Ikone für das Ende des Kommunismus, Bolschewismus und Atheismus in Russland.

In Kasan gab es inzwischen unzählige Kopien der heiligen Mutter. Ihr Fundort, der nun einer Zigarettenfabrik als Standort diente, wurde von Tausenden Menschen besucht, die dort auf ihre Rückkehr hofften. Man sprach von ihrem Wiedererscheinen und sagte, sie werde schon selbst wissen, wann und wohin sie zurückkommt. Was die Kasaner nicht wussten, war, dass die Ikone inzwischen wohlbehütet in den Privatgemächern von Papst Johannes Paul II. hing. 1993 streckte er seine knorrigen Finger nach der Kostbarkeit aus, und sie verbrachte elf Jahre in seinem Arbeitszimmer in Rom, wo er mehrmals am Tag vor ihr betete, bis er auf die Idee kam, Russland das Kunstwerk zurückzugeben. Der russische Patriarch war skeptisch ob der Absichten des Kollegen, und so wurde die Kasanskaja ohne einen persönlichen Besuch des Papstes verschickt. An ihrer Echtheit wurde nicht gezweifelt. Würde der Papst vor einer falschen Ikone beten? Würde der Papst ein Märchen glauben?

Am 21. Juli 2005 kehrte die heilige Muttergottes von Kasan an ihren Ursprungsort zurück und wurde dort wie ein Popstar empfangen. Die Straßen waren abgesperrt, Tausende Menschen begrüßten die weitgereiste Zurückgekehrte. Sie bekam eine eigene Kirche und wurde von da an täglich von Hunderten Gläubigen besucht, die geduldig in einer Schlange darauf warteten, vor ihr zu knien, sich zu bekreuzigen und die Glasscheibe zu küssen, die die Kasanskaja vor der Zudringlichkeit ihrer Verehrer und Verehrerinnen schützt.

Seit dem 13. Jahrhundert halten die russischen Gläubigen der heiligen Gottesmutter von Kasan die Treue, ihr und dem Märchen über ihre Reisen und Abenteuer. Auch in Tanjas und später in Ninas Küche hing ihr Leben lang ein Abbild der heiligen Muttergottes, eine winzige Kopie, vom Sonnenlicht fast bis zur Unkenntlichkeit ausgeblichen.

Väterchen Lenin

Jeden Abend, wenn die alte Tanja die Vorhänge zuzieht, obwohl das Sommerabendlicht noch warm durch die Fenster sickert, ist es Zeit, etwas Verbotenes zu tun. Tanja geht in die Ecke des schummrigen Raums und richtet ihren Blick auf die Ikone, die dort hängt. Sie ist mit bunten Plastikblumen geschmückt und in dunkles Holz gerahmt. Die Abbildung zeigt die heilige Muttergottes von Kasan und das Jesuskind. Rechts neben dem Bett steht ein kleines Schränkchen, und in einer der Schubladen liegt eine Fotografie. Tanja nimmt sie heraus und legt sie auf den Tisch. Dann nimmt sie ihr Kopftuch ab und faltet es zusammen. Sie streicht sich über das dünne Haar und wendet sich dem Foto zu, faltet ihre rissigen Hände. Das Foto zeigt ihr eigenes Jesuskind, ihren mit vier Jahren verstorbenen Sohn, der über und über mit Blumen bedeckt ist auf dieser vergilbten Fotografie. Sie schließt die Augen und tut, was verboten ist in diesem riesigen Land im Jahr 1986, sie betet.

Tanja kann nicht lesen. Sie besitzt keine Bibel, wer weiß, von wem sie die Gebete gelernt hat? Leise beginnt sie zu murmeln, ein weicher, kaum hörbarer Singsang, der ungefähr eine halbe Stunde anhält. Viele Jahre hat sie schon keine Kirche mehr betreten. Sie ist also Betende, Geistliche und Gebetbuch in einer Person. Vielleicht stellt sie sich die Heiligen mit den Gesichtern ihrer Verwandten vor. Mit dem Gesicht ihrer Mutter, ihres Vaters oder ihres Mannes, der gefallen ist oder geflohen vor einem Leben mit ihr. Die Zeit, die verstreicht, steht fast sichtbar im Raum. Weder das Radio noch der Fernseher läuft, kein Buch liegt auf dem Tisch, und nur Tanjas leises Murmeln füllt schüchtern den Raum.

Tanjas Urenkelin beobachtet die Szene. Sie sitzt am Tisch und spielt mit dem kleinen roten Stern, der vor ihr liegt. Diesen Stern hat sie gestern in der Schule an die Brust gepinnt bekommen. Nun nennt die Lehrerin das Mädchen Oktjabronok, das Oktoberchen, eine merkwürdig niedliche Bezeichnung für die Erinnerung an die blutige Oktoberrevolution 1917. Inmitten dieses Sterns sieht man ein Kindergesicht. Das Gesicht eines kleinen Jungen. Das Mädchen weiß nicht, wer dieses Kind ist, und ist zu schüchtern, um zu fragen. Es weiß auch noch nicht, dass dieser Junge dafür verantwortlich ist, dass die Vorhänge geschlossen sind und die Abendsonne draußen bleiben muss. Trotzdem dringen die Strahlen an verschiedenen Stellen durch den alten, zerschlissenen Vorhang und lassen sich nicht aussperren, so wie sich die Bilder in Tanjas Kopf formen, ohne dass sie jemand daran hindern kann.

Ihr Mann war um einiges jünger als sie, er siebzehn,

sie fünfundzwanzig, ein hübscher Knabe mit Segelohren und einem stets leicht erhobenen Kinn. Er ist unversehrt geblieben in ihrer Erinnerung, ein schlaksiger Junge, der nur noch in ihrem Kopf eine Wohnung hat. Sie ist nach dem Tod ihres Mannes allein geblieben. Den einen oder anderen Mann hat sie wohl an sich rangelassen über die Jahre wie eine Hündin, die knurrend in einem Hinterhof nicht mehr standhalten kann und es geschehen lässt. Ihr Leben als Frau und Mutter verbringt sie allerdings allein.

Lenins lange Reden im Radio damals hat Tanja nicht gehört, dafür war sie zu klein. Man hatte sich um das knatternde Gerät versammelt und mit offenen Mündern zugehört, wie dieser Lenin eine neue Zeit versprach. Hier, im Diesseits, solle man das Paradies bauen, nicht auf eine andere Welt hoffen. Aber Tanja zieht trotzdem jeden Abend die Vorhänge zu und verliert sich in ihren Heiligengeschichten.

Die alte Frau hat zu diesem Zeitpunkt kein selbstständiges Leben mehr, sie wird von ihrer Tochter Nina mit dem Zug in die Stadt gefahren oder wieder zurück ins Holzhaus gebracht, je nach Bedarf. Tanja hat nie ein Buch gelesen oder eine Ausstellung besucht, wahrscheinlich hat sie auch kein Kunstwerk gesehen, außer den großen, sperrigen Leninstatuen natürlich, die die Alleen bewachen. Die Bilder bekannter Maler kennt sie nur von Konfektschachteln. Auch ins Kino ist sie nur selten gegangen, und so ersetzen die verbotenen Bilder, die sie sich vorstellt, die Kunst aus fremder Hand. In ihrem Kopf begegnen sich am Abend leuchtende

Engelsgestalten und Teufel mit Pferdehufen. Der alte morsche Zaun, den sie in der späten Sonne betrachtet, wenn sie den Abend auf der Veranda ausklingen lässt, verwandelt sich in eine Reihe von Geistlichen. Jedem Holzpfahl setzt sie einen Kopf auf. Die Schatten der Bäume im Hof werden zu langen Gestalten in Mänteln, und das tiefe Orange des Himmels ist das Fegefeuer.

Tanja weiß nicht, wie Jahreszeiten entstehen, sie hat keinen Wetterbericht, den sie aufrufen kann, aber sie kann die Wolken lesen und den Mückenflug. Zweimal am Tag geht sie zum Brunnen, und auf diesem Weg ist genug Zeit, um aus den Wolken die Nachrichten zu lesen. Sie wartet auf die Fadenwolken, die sich dünn und leicht in dichten Linien über den Himmel ziehen. Diese Wolken bringen Regen. Aber nicht sofort, die Fadenwolken lassen einem Zeit, die Planen auszulegen. Wenn Tanja die weißen Fäden am Himmel sieht, dann hat sie meist eineinhalb Tage, um die großen Regentonnen aufzustellen und über manche Beete die Planen auszubreiten und manche freizulegen. Wenn statt den Fäden kleine Punkte zu sehen sind, sorgsam über den Himmel verteilt, dann muss sie nichts tun, das Wetter bleibt, wie es ist.

Die neue Zeit, die heraufzieht, sie bringt nichts Gutes für Tanja. Die Familie wird zerrissen, über den Erdball verstreut wie Samen, die nicht aufgehen, weil die fremde Erde sie nicht kennt. Oft hält sie die Hände ihrer Urenkeltochter in ihren großen, rauen Händen und schüttelt den Kopf. «Wie willst du damit arbeiten, Kind, mit deinen kleinen Händen?»

Väterchen Lenin wollte Tanja auch von der Arbeit befreien und sie zu einer Lesenden, Wissenden und Denkenden machen. Aber Tanja will kein Buch anfassen, sie will mit ihren Nägeln Wurzeln durchtrennen und in der Erde wühlen. Sie will kein abgepacktes Huhn im Supermarkt kaufen, sondern lieber ein Küken schlüpfen sehen und es aufziehen. Sie will sehen, wie es auf sie zurennt, als ausgewachsenes Huhn, wenn sie vom Markt kommt, und sie will dem Tier einen Namen geben und ihm selbst den Kopf abschlagen, wenn es Zeit ist dafür, und im Garten sitzen und in die Sonne blinzeln, wenn sie es rupft, und eine dicke Suppe daraus kochen mit dünnen, kurzen Nudeln. Sie will nicht den Fernseher anmachen am Abend, sondern ihre Augen schließen, wenn sie vor der Ikone steht, und ihren Traum sehen, den sie niemandem erzählt.

Über die Jahre entwickeln die abendlichen Gedankenschauspiele in Tanjas Kopf ein Eigenleben. Die Verstorbenen aus dem Dorf, die Bilder aus den Kirchen, die Hühner, die sich in Engel verwandeln, und der brennende Abendhimmel, das alles besiedelt nun den Verstand der alten Frau. Nachdem die Enkel und Urenkel das Land verlassen haben, bleibt Tanja mit ihren Kopfbildern allein. Für sie selbst lohnt es sich nicht, den Wasserkessel aufzuwärmen oder die Kartoffeln zu schälen. Für sie selbst sind ein Stück Brot und ein Glas Kefir genug. Im Mund ist nur noch ein Zahn geblieben, rechts unten, der Eckzahn, mit diesem Zahn zerkaut sie langsam ihr trockenes Stück Brot.

Als Nina von einer Nachbarin angerufen wird und

hört, ihre Mutter sei nackt hinausgegangen und hätte sich auf die Bank vor das Haus gesetzt, handelt sie schnell. Sie räumt in ihrer Wohnung das kleine Zimmer frei und quartiert die Mutter dort ein. Nun ist die alte Frau, die zeit ihres Lebens Kinder beaufsichtigt hat, selbst wieder ein Kind. Ein großes, starkes, schwer zu bändigendes Kind, denn die Arme und Hände der alten Frau, die ein Leben lang Wasser geschleppt haben, zweimal am Tag, sind noch immer kräftig. Nina beginnt, ihre Mutter einzusperren auf den siebzig Quadratmetern, Tanja beginnt, sich zu wehren. Sie rüttelt an den Türklinken, stundenlang, und ruft nach der Tochter, die sie nun Mama nennt. Sie verrückt die Möbel, schleift das Bett von einer Zimmerecke in die andere, beschmiert die Wände mit ihren Exkrementen und ruft unaufhörlich nach ihrer Mama.

Ein Fusel, ein billiger Fusel, so nannte Lenin die Religion. Vielleicht hat sich Tanja wirklich zu sehr daran betrunken. Nina versucht, so viele Gegenstände wie möglich auf die anderen Zimmer zu verteilen. Wenn sie zur Arbeit geht, verbarrikadiert sie die Tür zum Zimmer der alten Mutter mit einem Schrank. Es gibt keinen Ort, an den sie Tanja bringen könnte. Das wilde, alte Kind muss hier gebändigt werden. Fünf Jahre werden Mutter und Tochter so leben. Mit Geschrei und Tränen und stiller Ratlosigkeit. An der karierten Plastiktischdecke in der Küche sitzen sie zusammen, und Nina schaut der Mutter zu, wie sie das Brot in den Mund nimmt und mit ihren glatten, zahnlosen Kiefern darauf herumkaut.

Der Zorn erlahmt. Vielleicht genau zu der Zeit, wo die Zähne beginnen auszufallen, denn in ein zahnloses Gesicht zu sehen und Zorn zu empfinden, gelingt nicht leicht. Die letzten Wochen verbringt die alte Frau im Bett, und Nina nimmt sich Urlaub und sitzt bei ihr. Als Krankenschwester kann sie die Zeichen lesen, die den Tod ankündigen. Das sicherste Zeichen des nahenden Endes ist aber das kurze Aufrichten der Mutter, der Blick direkt in Ninas Augen und ein Satz: «Nina, verzeih mir.»

Blutiges blaues Linoleum

Im Flur ist Bewegung zu hören, Kisten werden verschoben und Bettgestelle an Wände gelehnt. Ein Mann und eine Frau zischen sich etwas zu und hämmern hin und wieder gegen die Eingangstür, die verschlossen bleibt. Mischa lauscht. Er steht auf dem blauen Linoleum und lauscht durch die verschlossene Tür ins Treppenhaus hinein. Die fremden Menschen verstellen den Eingang, und Mischa, wie ein gefangener Hund, läuft von Zimmer zu Zimmer und knetet seine schwitzigen Hände. Sie sind schon da, die neuen Mieter.

Was hat sie wieder angestellt, Nina, seine Mutter. Der Vater hatte es ihm gesagt: «Die Wohnung ist für euch, für dich, Mischa und dich, Lena. Lasst sie euch nicht wegnehmen.» Er hatte einen Brief hinterlassen, einen heiteren Gruß aus dem Jenseits. Kurz nachdem er gestorben war, wurde dieser Brief in der Wohnung seiner zweiten Frau verlesen, ein privates Testament, das an die Kinder gerichtet ist. Ein Herbstwald zierte den Umschlag, und links oben stand der Absender: Jura Tokranov, Hügel 27, Grab 83, Westfriedhof. Ihm ginge es gut dort, wo er jetzt sei, er liebe sie. Er werde bei ihnen bleiben für immer. «Für immer», feierlich klingen diese hohlen Worte aus dem verbitterten Mund seiner zweiten Frau trotzdem. Jura hinterließ den Kindern den Schaukelstuhl, in dem er so gern gesessen, und das Parkett, das er geschliffen hat. Er hinterließ ihnen den blauen Linoleumflur, auf dem man seine Schritte nicht mehr hört, und die drei Zimmer, Küche, Bad.

In dieser Wohnung verbarrikadiert sich nun Mischa. Er schiebt einen Tisch vor die Tür, verkantet eine Leiter. Schließt alle Vorhänge und schaltet das Licht aus. Nass geschwitzt sitzt er im Wohnzimmer und knetet seine Hände. Er hastet in die Küche und überprüft, was es noch Essbares in der Wohnung gibt und wie lange er die Belagerung der Fremden aushalten kann. Die Fremden, das sind die neuen rechtmäßigen Mieter der Wohnung 66. Seine Mutter hat die Wohnung in eine Zwei- und eine Einzimmerwohnung getauscht, sie hat das Andenken an den Vater zerrissen. Wie ein winziger Hammer pocht die Wut in Mischas Schläfen. Sein Jungenherz rast durch die Erinnerungen. Ein riesiges Archiv, in dem er sich selbst kaum auskennt, verstaubt und unübersichtlich. Hier sammelt er seit fünfzig Jahren akribisch genau die Vergehen seiner Mutter.

Eines der ältesten Vergehen in seinem Archiv ist das Kindermäntelchen. Mischa hatte ein Mäntelchen, ein gewöhnliches, weit geschnittenes dunkelblaues Mäntelchen, das er ständig trug. Eines Tages blieb er einen Augenblick mit der Mutter seines besten Freundes allein in der Küche. Sie schaute ihn neugierig an und fragte: «Mischa, hast du gar keine Jacke, du trägst immer nur dieses Mäntelchen.» – «Ich habe nur das», sagte er, er trug es bereits mehrere Jahre und würde es noch einige weitere tragen müssen. Ein Gefühl der Scham überfiel den Jungen, denn er wusste, dass seine Mutter sich sehr wohl zu kleiden verstand und auch seine Schwester gut kleidete. Für ihn aber blieb nur dieses zerschlissene Mäntelchen.

Sie kann das gut, seine Mutter, Träume stutzen, Köpfe kürzen. Mischa hastet mit gebeugtem Rücken und flackernden Augen durch die Gänge seiner Erinnerung, unfähig, die Flut der Gedanken zu bändigen. Hinter jeder Ecke lauert wieder ihr Gesicht. Dieses unverschämt gelangweilte Gesicht der eigenen Mutter. Festgeklammert wie ein Äffchen hat er sich an die Frau, die ihn geboren hat. Erst trug sie ihn, nun trägt er sie, und sie ist schwer, diese ein Meter sechzig große störrische Frau.

Mischas Schritte auf dem blauen Linoleum klingen träge und tapsig. Er geht von der Küche ins Wohnzimmer und lehnt sich an die Wand. Die Uhr tickt, und vor der Tür hört er den Mann und die Frau streiten. Fern klingt das Hupen der Autos auf der Straße durch die geschlossenen Fenster, und fern dreht sich auch in seinem Kopf das Karussell der Erinnerungen.

Mischa bekam von Nina sechs Monate lang Muttermilch. Sechs Monate bedingungslose Kost. Dann aber verweigerte Nina ihm das, was bedingungslose Mutterliebe genannt wird. Sie wollte in den Händchen und Füßchen nichts Verwandtes entdecken, es genügte ihr nicht, im Gesichtchen des kleinen Jungen ihre eigenen Züge wiederzuerkennen. Sie war nicht gerührt von seinen ersten Schrittchen oder dem ersten selbst gehaltenen Glas. Sie tat ihre Pflicht, kurierte den Schnupfen aus und wusch die Stoffwindeln mit der Hand. Sie rührte geduldig den Grießbrei über der Gasflamme und las auch eine lange Gutenachtgeschichte vor. Sie versorgte die erste Wunde nach dem ersten Sturz. Sie machte mit Mischa Hausaufgaben, sie backte einen Kuchen, sie kochte, putzte, bügelte und behandelte sein Asthma. Gleichzeitig aber erlaubte sie sich einen ungerührten Blick auf Mischa. Sie erlaubte sich ein Urteil über ihr eigenes Kind. Nina war in der Lage, einer verkümmerten Tomatenstaude, einem vereinsamten Kätzchen oder einem tobenden Geisteskranken mit Zärtlichkeit zu begegnen, aber ihr eigener Sohn bekam ihre Zärtlichkeit nicht, er bekam nur ihre Pflege.

Vergessen, wie süß wäre es zu vergessen. Die Augen zu schließen und das Gewesene wegtreiben zu lassen, aber es steht da, verstopft die Adern und sitzt wie ein eingewachsener Splitter im Fuß. Hinter den Fenstern wird es schon dunkler. Die Uhr schlägt vier, und Mischa taumelt weiter von Zimmer zu Zimmer und erinnert sich.

Jura, Mischas Vater, brachte ihm von der Baustelle, auf der er als Ingenieur arbeitete, eine Pistole mit. Der fünfjährige Junge konnte sein Glück kaum fassen. Ein rostiges, altes Schießwerkzeug, ein echtes, vielleicht verscharrt von einem Kriegsveteranen, vergessen über Jahrzehnte und nun von seinem Vater gefunden und ihm, dem kleinen Jungen, geschenkt. Liebevoll bemalte er das Ding mit schwarzer Acrylfarbe, stopfte seine Kinderknete in die Macken der Pistole und verwahrte sie an einem geheimen Ort. Nicht unter dem Kopfkissen. Er wechselte den Ort täglich. Mal im Bad, mal im Schlafzimmer der Eltern, hinter dem Sofa oder im Schrank unter der alten Bettwäsche. Natürlich war es Nina, die sie fand und wegwarf, kommentarlos. Der Junge schrieb auch das sorgfältig auf seine bittere Liste, seine Liste der größten Hiebe, die ihm die Mama verpasst hat, seine Wutliste.

Mischa wischt sich die nasse Stirn ab. Inzwischen wird draußen wieder gehämmert, er solle aufmachen, wird geschrien, sonst rufe man die Polizei. Eine Stunde später klopft dann tatsächlich die Polizei an die Wohnungstür, aber ohne Ergebnis, Mischa rührt sich nicht und gibt keinen Ton von sich. Die Polizisten vertrösten die neuen Wohnungsmieter: «Er wird schon aufmachen, nur Geduld.»

Mit finsterer Miene sitzt Mischa am Küchentisch und kaut Brot und legt seine Stirn in tiefe Falten. Stunde um Stunde treiben ihn die Schläge gegen die Tür in eine immer dunkler werdende Sackgasse. Er beginnt wieder zwischen den Zimmern hin und her zu laufen in der abgedunkelten Wohnung, in der die Luft steht, denn auch die Fenster öffnet er nicht. Laufen, hin und her zwischen Zimmer und Flur, Flur und Küche, Bad und Schlafzimmer. Mischa läuft durch die Wohnung, wie seine Gedanken laufen, wieder und wieder im Kreis. Warum ist sein Vater gestorben, warum ist sie geblieben, warum lässt sie die Dinge nicht, wie sie sind? Das bisschen Rückhalt, das Parkett, das sein Vater geschliffen und poliert hat, das gibt er nicht her, und plötzlich weiß er, was er tun will. Auch wenn er die Wohnung verlassen muss, das Parkett überlässt er den Fremden nicht. Aus dem Schrank neben dem Badezimmer holt er sich ein Brecheisen und beginnt, den Boden im Wohnzimmer Holzgräte für Holzgräte herauszureißen. Wie Zähne, die man aus einem Kiefer zieht, bricht er das Parkett aus dem Boden. Die Schläge von außen an die Wohnungstür bekräftigen seinen Entschluss. Erschöpft gibt er nach der Hälfte auf und bleibt blass und unentschlossen auf dem Boden sitzen. Sein Vater ist mit fünfzig gestorben. Nur ein wenig mehr Zeit mit ihm, mehr hat er nicht gewollt. Zeit mit diesem sanften Mann, der ihn so warm angesehen hat, der ihn verstand. Wieder geht er in die Küche, trinkt ein Glas Wasser, findet etwas Essbares. Die Geräusche im Flur hört er nur noch dumpf. Die Frau und der Mann streiten sich immer noch. Er geht rüber ins Wohnzimmer und sieht seine Videokassetten durch. Alle sind beschriftet, und auf einer steht «Die Vorsitzende». Den Film hat er unzählige Male gesehen. Er legt ihn ein und setzt sich in den Schaukelstuhl.

Schon die erste Einstellung beruhigt Mischa, eine lange Kamerafahrt auf ein Dorf zu, ein Lied, gesungen von einer Frauenstimme, immer näher kommt man dem Häuschen, dessen Fenster im Dunkeln hell erleuchtet sind. Ein Schnitt, und er sieht das Gesicht einer alten, müden Frau und dann gleich das nächste

Gesicht, jüngere Menschen, der gelangweilte Dorftrinker, Männer mit Mützen und schließlich den Hinterkopf einer Frau. Die Haare dieser Frau sind lang und zu einem Zopf geflochten, der zu einem Dutt gerollt ist. Ihr Nacken verspricht Charakter. Es geht um die Zukunft der Kolchose.

Mischa starrt auf den Bildschirm, und schon diese ersten Bilder verkörpern das, was er für richtig hält: in einer kleinen Gemeinschaft, aus der keiner rauskann, eine gemeinsame Ordnung aufbauen.

Schnitt. Wir sehen die Frau, wie sie nach Hause kommt und zögerlich in den Raum tritt. Sie weckt ihre Mutter, die auf dem Ofen schläft, und sagt leise: «Mama, Mama, sie haben mich gewählt! Ich bin die neue Vorsitzende.» Die Mutter schlägt sich erschrocken die Hand vor den Mund. Nun lernen wir die Kolchose kennen. Diese kleine Gemeinschaft von Menschen, in der jeder seine Aufgabe hat, die er aber nicht unbedingt erfüllt. Da ist der alte Schäfer, der seine Schafe unerlaubt grasen lässt, oder der Trinker, der stets mit einer Angel in der Hand auf der Flucht vor seiner Arbeit ist. Die Vorsitzende fängt das Schaf eigenhändig ein und lässt den Trinker von einer Horde johlender Frauen zurück an die Arbeit bringen. In Gummistiefeln stampft sie durch das Dorf und klärt mühselig jede einzelne Angelegenheit selbst.

Lächelnd sitzt Mischa im Schaukelstuhl, bereit, dieses Märchen zu glauben und sich darin festzubeißen. Das Paar im Flur hat inzwischen aufgegeben und ist abgezogen, und es ist still geworden in der Wohnung 66.

Die Vorsitzende muss derweil in ihrem Schwarz-Weiß-Film in die große Stadt. Dort begegnet sie natürlich einem stattlichen Kollegen, einem Mann, der ihr ebenbürtig ist. Nun muss sie ihre heimliche Romanze mit dem Dorfschönling beenden, und das steht ihr gut, wie sie dem jungen Mann eine Ohrfeige nach der anderen gibt und dabei schreit: «Das ist für die Liebe und die Zärtlichkeit, für die Scham und die Lügen.» Aber der stattliche Kollege wird in einen anderen Bezirk versetzt, und sie bleibt zurück mit einem Berg Arbeit. Wieder sehen wir, wie die Vorsitzende von Arbeitsstelle zu Arbeitsstelle, Haus zu Haus geht und mal eine Horde trinkender Frauen auseinandertreibt, einen neuen Stall bauen lässt oder dem Vorschlag, eine andere Kolchose an ihre anzuschließen, zustimmt. Dann kommt auch schon ein teurer schwarzer Wagen ins Dorf gerollt, und Mischa in seinem Schaukelstuhl und die Kolchosemitglieder wissen, was das bedeutet. Die Vorsitzende mit dem dicken Zopf hat sich so tapfer geschlagen, dass sie versetzt werden soll. Nun sehen wir die ganze Kolchose wieder versammelt. Die Kamera wandert über die Gesichter, Alte, Junge, Kinder, und auch der Dorftrinker ist wieder da. Jedes Gesicht hat nun eine Geschichte, und wir, die Zuschauer, warten gespannt, wie die junge Frau sich entscheiden wird. Sie folgt den Männern aus der Stadt zu dem schwarzen Auto, und als sie die Tür öffnet, blickt nun auch sie in die schweigenden Gesichter. Mischa atmet endlich erleichtert durch, denn noch bevor sie spricht, weiß er, dass sie bleiben wird. Die letzte Einstellung ist sie, die Vorsitzende, die dem Dorftrinker mit seiner Angel über Pfützen springend hinterherjagt. Schwarz.

Der Film ist aus. Mischa sitzt wieder allein in der dunklen Wohnung. Es ist Nacht geworden, und die Geräusche im Flur sind verstummt. Er geht ein paar Schritte über das blaue Linoleum und lauscht lange. Dann zieht er sich an und öffnet die Wohnungstür. Im Hausflur stehen Kisten herum, und ein eisernes Bettgestell mit alten Sprungfedern lehnt an der Wand. Er bleibt unschlüssig stehen zwischen den fremden Gegenständen und denkt nach, was jetzt zu tun ist.

Mischa fasst einen Entschluss, er wird seine Mutter verklagen. Der Richter wird vorschlagen, sich innerfamiliär zu einigen, und Mischa wird einwilligen. Dann beginnt eine Zeit, die Mischas gekrümmten Rücken noch krummer machen wird. Er lügt für die Wohnung. Für das Parkett, das sein Vater geschliffen hat, für das Andenken an ihn lügt Mischa sich einen Alltag mit Nina zurecht. Er bezahlt sie für das Bleibendürfen. Er sagt ihr wie ein kleiner Junge, wohin er geht und wann er wiederkommt. Er legt ihr sein Geld auf die karierte Plastiktischdecke in der Küche und versteckt seinen Teil. Die bitteren siebzig Quadratmeter wird er verteidigen. Lange nach Ninas Tod brennen die Kinderschmerzen noch immer heiß in Mischas gealtertem Jungenkörper. Ungerecht war sie, fordernd war sie und herrisch. Sie hat sich hinreißen lassen zu Streitigkeiten, laut ist sie geworden, und wenn sie abends allein zurückblieb und an ihr Kind dachte, stand ein hämisches Lächeln auf ihren Lippen und entblößte ihre

Goldzähne. Wenn alles vergeht, vergehen dann auch die Kinderschmerzen? Und vergehen sie rechtzeitig, bevor das Greisenalter sie überholt?

Am Abend in der Wohnung, nachdem Mischa die Schuhe ausgezogen, die Mütze an den Haken gehängt und sich über das schüttere Haar gestrichen hat, wird er sich zum Essen in die alte Küche setzen und zufrieden wieder «Die Vorsitzende» in den Videorekorder legen. Er wird den Film einschalten und ihn zum hundertsten Mal bis zum Ende ansehen. Denn niemand stört ihn auf seinen siebzig Quadratmetern in seinem Wissen, was das Richtige ist: ein Schwarz-Weiß-Film von 1964.

Katzenschwänze

Eine unbewegliche Silhouette, die in einem kleinen Wintergarten steht. Kinnlange Haare, schon fast ganz weiß und ein wenig gewellt, da Nina sie mit Regenwasser spült. Ein kurzer Hals auf breiten, kräftigen Schultern, ein eckiger Rücken und ein entspannt und aufrecht herausgestreckt getragener Bauch, garniert von kleinen Brüsten, für die sie sich zeitlebens geschämt hat. Feste, trockene Beine, knackige Waden und sehnige Fesseln, jetzt nicht mehr in Stöckelschuhen, aber in Hausschuhen mit Keilabsatz, das alles auf einen Meter sechzig verteilt, steht sie im Wintergarten, der prall gefüllt ist mit Topfpflanzen und Tomatenstauden.

Nina starrt hinaus, beobachtet die Katzen und lauert. Vier sind es zurzeit, die sich im Sichtfeld ihres Fensters aufhalten. Sie streifen vorbei mit sich biegenden Wirbelsäulen. Irgendwann stürzt sich eine der Katzen fauchend und mit gezückten Krallen auf eine andere und verletzt sie so stark, dass Nina ihren Posten im Wintergarten verlässt und in den Flur schlendert. Sie zieht sich ihre Gartenhandschuhe an und einen kurzen Mantel, der an einen Kittel erinnert, sie greift sich auch eine der geblümten Kinderwindeln aus dem mit Tapeten beklebten Schrank im Flur, öffnet die dick gepolsterte Tür, dann die Eisentür und verlässt die Wohnung. Vor dem Haus steht links ein Bänkchen. Das «Tratschbänkchen» nennt sie es. Dort sitzen die Alten, die im Haus wohnen.

Das Haus ist vierstöckig und umfasst vier Aufgänge, und vor jedem dieser vier steht so ein Tratschbänkchen. Nina würde sich niemals dorthin setzen, im Gegenteil, sie marschiert erhobenen Hauptes an den zischelnden Alten vorbei, die sich ihr Leben lang ihren Hintern für dieses letzte circa zwanzig Jahre andauernde Sitzen herangezüchtet haben. Nina hat nicht so einen Hintern, also sitzt sie auch nicht. Die Alten tuscheln: «Schau, sie geht wieder auf Katzenjagd.» Nina lässt sie ungerührt tratschen und geht tatsächlich auf Katzenjagd. Sie umrundet das lang gezogene Haus, geht von hinten an ihren Wintergarten heran und schaut sich um. Das jammernde Tier ist schnell ausgemacht. Heute macht sie also Beute. Das Katzentier ist am Hinterbein verletzt und kann nicht schnell genug vor ihr fliehen, trotzdem schleppt es sich noch ins Gebüsch hinein, und Nina muss fluchend hinterher, die Brennnesseln verbrennen ihr die Beine, denn auch mit weit über siebzig trägt sie Nylons, um ihre fast krampfaderfreien Waden vor den Alten auf den Bänken spazieren zu führen. Dann bekommt sie das Tier zu fassen, es faucht und bäumt sich auf, und Nina wirft die Stoffwindel über die Katze, greift sie von hinten, klappt die Vorderbeine an den Körper und wickelt sie wie ein Baby zu einem Päckchen, vorsichtig am verletzten Bein vorbei. Der untere Zipfel wird am Bauch der Katze zusammengeknotet. Sie macht sich auf den Rückweg. Wieder vorbei an den garstigen Bänken: «Sie hat eine erwischt, na, behüte sie Gott! Ob die die Straße noch mal wiedersieht?» Nina lässt es auch auf dem Rückweg zischeln und hebt das Kinn vorsichtshalber noch einen Zentimeter höher, bevor sie im Hauseingang verschwindet.

Das Tier miaut nur noch leise. Fast klingt es wie ein Kind, das weint. Wenn die Familie 2700 Kilometer weit weggezogen ist, nimmt man, was man kriegt für die Brutpflege. In der Küche macht sie aus dem Esstisch einen Arzttisch. Sie legt eine weiche Decke als Unterlage hin, darauf eine Art Folie. Die ermattete Katze rührt sich nicht mehr. Fast sieht das kleine Stillleben wie ein Altar aus, denn auf die breite Wand der Küche hat ihr Sohn, als Tanja, ihre Mutter, noch hier lebte, ein Jesusbild mit Säulen und sogar knienden Mönchen gemalt in selbstbewusst naiver Geste. Darunter hängen eine Fotografie ihrer Tochter und ihrer Enkelin, verschiedene stark vergilbte Heiligenbildchen in Silberrahmen und ein klassisches Bild der russischen Malerei, Ilja Repin vielleicht, ein Wald, ausgeschnitten aus dem Deckel einer Konfektschachtel und gerahmt in helles Holz.

Dann holt sie das Werkzeug: rotes Jod, Mullbinden, eine Spritze, ein wenig Beruhigungsmittel. Das hat sie immer da, für sich und die Katzen. Zum Dosieren hat sie keine Beipackzettel mehr, da muss die Erinnerung herhalten, und alles Weitere wird am lebenden Objekt getestet. Die eine oder andere Katze musste begraben werden für den Erfahrungswert. Inzwischen aber kennt sich Nina aus, und sobald das Tier schläft, säubert sie die Wunde und verbindet sie. Sie kontrolliert auch die Zähne, zieht den einen oder anderen, falls er faulig ist, und findet noch alte verheilte Wunden und Schrammen. Ein Stück vom Schwanz fehlt. Das ist typisch. Es gibt da draußen so viele Gelegenheiten, sich den Schwanz einzuklemmen. Gar nicht so schlecht, wenn man die Wunden nicht verbergen kann. Wenn die Falten wie zurückgelegte Straßen im Gesicht verzeichnet bleiben, die Linien, die nur einen Sinn ergeben in der eigenen Erinnerung. Der Tod kommt mit lauter Vorzeichen, und hier, wo Nina lebt, werden sie gelesen und nicht verborgen. Die Haare werden nicht gefärbt, die Zähne werden nicht ersetzt, die Fingernägel sind voller Risse, und die Fingerkuppen sind mit kleinen dunklen Schrammen gezeichnet, vom ständigen Kartoffelschälen.

Die Katze schläft jetzt im Zimmer, Nina hat ihr ein Bett gemacht aus Decken und Kissen. Zufrieden setzt sie sich in ihren Schaukelstuhl, nimmt das Strickzeug zur Hand und schaltet den Fernseher ein. Sie strickt einen roten Mantel mit schwarzen Akzenten. So einen ähnlichen Mantel hat sie schon einmal gestrickt, für ihre Tochter damals, das ist schon mehr als dreißig Jahre her. Orange war der alte, rot wird der neue sein.

Sie hört eine Musiksendung und schaut hin und

wieder, ob die Katze noch schläft. Irgendwann am Nachmittag sinken ihre Hände, und auch sie schläft ein für ein halbes Stündchen, zerbrechlich und klein in ihrem Schaukelstuhl und irgendwie übrig geblieben.

«Ach, ach, ach», jammert sie, so klingt es, wenn ein alter Mensch aufstehen muss, gebückt die ersten Schritte tut. Die Stricknadeln sind ihr aus den Händen gefallen, sie sammelt sie auf und geht ins Bad. Dort macht sie sich frisch für den Rest des Tages. Früher hat sie immer so viel Lärm umgeben. Zu Hause die Kinder, das Radio, das ständig lief, die Prothesenwerkstatt, das Geklapper dort, die Schreie, das Stöhnen in der Psychiatrie und das Lachen im Kindergarten. Es ist, als hätte eine unsichtbare Hand den Ton leiser gestellt, so sitzt sie nun auf ihren letzten Metern allein in der Küche. Auf dem Schoß hat sie ein Handtuch und schält die Kartoffeln und schneidet sie in schmale Spalten. Kartoffeln muss man in Ruhe lassen, wenn sie in der Pfanne liegen und das Sonnenblumenöl Blasen schlägt. Warten muss man, bevor man sie vorsichtig wendet, zwei-, dreimal, nicht mehr, nicht übertreiben, sonst brechen die Spalten. Am Ende die Zwiebeln unterheben und den Deckel drauflegen und ziehen lassen, geduldig. Vielleicht haben die Kartoffeln mehr Geduld von ihr erfahren als ihr eigener Sohn, den sie als Kind ständig zum Arzt bringen oder selbst medizinisch versorgen musste. Diesen kleinen, hilflosen Körper durch die Zeit zu bringen, war nicht einfach, und vielleicht hat sie damals aufgehört, ihm ins Gesicht zu sehen, musste sie doch ständig seine Lungen abhören und eine Spritze in den kleinen Hintern setzen. Wenn er in letzter Zeit vorbeikommt, zähneknirschend, ohne sich zwischendurch hinzusetzen, durch die Wohnung geht und nach dem Rechten sieht, da findet sie den Mut, in sein Gesicht zu sehen, nicht mehr wieder. Er auch nicht, seine Stimme klingt eisern, er stellt ein paar knappe Fragen und geht. Mehr ist nicht übrig nach diesem jahrelangen Kampf um seinen kleinen Körper, der kaum größer wurde als sie.

Ihr aufmerksamer Blick bleibt den Katzenaugen vorbehalten. Das Tier ist jetzt im Zimmer aufgewacht und miaut leise und kläglich. Viele Worte hat sie für das Tier, weiche, perlende Worte: «Kleine, Süße, meine Feine, gesund wirst du werden, wirst schon sehen, du hübsch Getigerte», so schnattert Nina in der Küche, wo sie die Pipette schon vorbereitet und mit Milch gefüllt hat. Sie setzen sich zu Tisch, alte Frau und Katze, und essen gemeinsam zu Abend.

Das Licht ist gelblich trüb am Abend. Es legt sich in Streifen in den Raum und zeichnet Lichtecken auf den Boden. Sie wird dem Abend zusehen, wie er geht, nur für kurze Momente abgelenkt von der Katze, die schnurrt, miaut oder leise schnarcht.

Die Tage beginnen früh. Sie hört die Eisenbahn rattern die ganze Nacht, und wenn der Himmel noch fahl ist, gegen fünf Uhr, wenn sie die Sonne zu ahnen beginnt, steht sie auf.

Ein wenig ins Bad, Katzenwäsche. Am Freitag geht sie immer in die Sauna, da wird der Dreck runtergeholt, mit Reisigbündeln verhaut man sich kräftig, um den Kreislauf ordentlich auf Touren zu bringen, schwitzen und dann kaltes Wasser über den Leib. In der Küche steht der Wasserkessel auf dem Feuer, und sie holt einen ihrer unzähligen Blechtöpfe mit Griff hervor für den Grießbrei. Ein alter Schneebesen, den sie schon für den Grießbrei ihrer Tochter benutzt hat, rührt nun ihren eigenen Grießbrei um, schon ganz ausgeleiert ist er, aber warum auch nicht? Beide sind sie ausgeleiert, sie und der Besen.

Die ersten Sonnenstrahlen kommen zum Fenster herein, die Katze miaut wieder leise. Schon versöhnlich nach einem Tag. Sie hat die Prozedur durchschaut, es ist zu ihrem Besten. Als dankbar kann man den Blick der Katze nicht beschreiben, als duldend vielleicht. Wer hat Nina schon in ihrem Leben dankbar angesehen? Nur die Fremden, nie die Eigenen. Die Angehörigen der Patienten in der Psychiatrie oder die Eltern der Kinder im Kindergarten. Die Eigenen nie. Es ist ihr nicht gelungen, für Dankbarkeit eine Lücke zu lassen. Ein Bedürfnis, das gehört wird, wie das ist, weiß sie nicht. Wie die anderen es machen sollen, was sie tun oder lassen sollen, dafür hatte sie unzählige Vorschläge, während ihre eigene Welt langsam Abwanderung erfuhr. Der Mann ging und starb, die Tochter floh in ein anderes Land, der Sohn blieb in der Stadt, den Geliebten schickte sie selbst weg, und die eigene Mutter begrub sie, und nun sind die verhassten Katzen, die so oft beschimpften, ihre letzten Gefährten. Sie besitzt diese Katzen nicht, sie macht sie gesund und setzt sie dann wieder aus.

Nach ein paar Wochen sind die Wunden gut verheilt, das Tier ist zahm geworden und sitzt bei ihr im Schaukelstuhl, wenn sie strickt und träumt. Immer denselben Traum, dass es klingelt und sie aufsteht und durch den Türspion guckt und Jura dort steht. Sein vertrautes Gesicht würde dann lächeln. Sie würde ihm die Tür aufmachen und «Jura», sagen, nur das. Den Hut würde sie ihm abnehmen und den Mantel. Die Schuhe kann er selbst ausziehen, und Schlappen für Männer, unbenutzte, hat sie mehr als genug. Sie würde ihn hineinbitten, ihn nicht fragen, woher er kommt. Nur den Teekessel aufsetzen, die Zitrone schneiden, den Zucker auf den Tisch stellen und die Kekse, und sie würden Tee trinken. So einfach wäre das Glück jetzt, so einfach war es nie, als Jura noch da war. Die Eifersucht hat sie zernagt, ihren kleinen Brüsten hat sie die Schuld gegeben, ihren zu kurzen Haaren. Das Einander-Liebhaben ein ständiges Armdrücken. Siehst du mich genug, hörst mich genug, bin ich dir schön und klug und reich genug oder du mir, bist du mir genug oder ich dir zu wenig zum Durch-die-Straßen-Gehen und An-Tischen-Sitzen und In-Betten-Liegen und zum In-die-Augen-Sehen? Jetzt wäre Jura genug, nachträglich. Mehr als genug. Nur ist er jetzt ein Kreuz auf einem Friedhof.

Als Nina damals nach Hause kam und auf dem Tisch die Scheidungspapiere liegen sah, setzte sie sich ratlos an den Tisch. Wer hatte die Papiere eingereicht? Wie ein ertapptes Kind, das seine Scherze zu weit getrieben hat, saß sie regungslos im Wohnzimmer, das glatt geschliffene Parkett, das Kratzer bekommen hatte über die Jahre, unter ihren Füßen. Einige Stunden später kam Lena von der Schule und erklärte der Mutter, dass sie die Scheidungspapiere eingereicht hatte. «Warum?», fragte Nina tonlos. «Warum?! Mama, weil ich das nicht mehr aushalte, deine Drohungen jeden Tag, die du nicht wahrmachst», sagte die Tochter. Die Scheidungspapiere lagen immer noch auf dem Tisch und glühten, keiner wagte es, sie wegzuräumen, nicht einmal in den Umschlag wurden sie zurückgelegt, sie lagen offen da und forderten das Ende. Plötzlich war beiden Ehepartnern so, als hätte jemand das Licht angemacht. Es ließ sich nicht mehr zurücknehmen, das Gesagte, es stand im Raum und klagte an. Die folgenden Tage bemühten sie sich, einander noch mehr zu meiden als sonst, sie aßen bei Freunden und gingen früh schlafen. Jura lag nun auf der Pritsche im Wohnzimmer und starrte an die Decke. Der selbst gezimmerte Verbund von vier Menschen brach mit einem dumpfen Krachen auseinander und hinterließ Trümmer ohne Sinn.

Heute wird die Katze ausgesetzt. Es ist warm, und die Sonne scheint. Nina steht vor ihrem Kleiderschrank, und warum nicht ein wenig die Gerüchteküche anheizen mit einem noch ungetragenen Kleid? Der Strohhut mit der breiten Krempe und der roten Schleife wird im Flur vom obersten muffigen Regal heruntergeholt und für den Anlass mit Zeitungspapier ausgestopft, und auch die Sandalen mit den kleinen Absätzen werden von Staub befreit. Nachdem die Katze und sie die letzte gemeinsame Mahlzeit eingenommen haben, für die Katze Schmand mit eingeweichtem Brot, für sie selbst einen Salat aus eigenen frisch geernteten Tomaten, klemmt sie sich das gesundete Tier unter den Arm und verlässt die Wohnung. Um einiges lauter ist nun das Zischeln von den vier Bänken, an denen sie genüsslich langsam vorbeigeht in ihrem ungetragenen Kleid. Sie ist noch immer eine Frau mit ihren fünfundsiebzig, und es gibt immer noch Augen, die das sehen. Auch männliche. Sie umrundet das Haus und macht wieder auf der Rückseite vor ihrem eigenen Wintergarten halt. Sie lässt die Katze runter. «Geh!» Verwundert und langsam setzt sich die Katze in Bewegung. Ein Zurück zu Nina wird es nicht geben – bis zum nächsten Katzenkampf.

Heiter ist Nina heute, so schön aufgeputzt, nach Hause kann sie jetzt nicht. Also wird sie das ungetragene Kleid ein wenig spazieren führen und schauen, ob sie noch den Neid wecken kann in den dicken Hintern auf den Bänken.

Idylle mit Hamster

Wenn Jura nach Hause kommt, seine Schuhe im Flur abstellt, seine Mütze auf den Haken hängt und sich über das Haar streicht, läuft der Hamster bereits in freudiger Erwartung in seinem Käfig im Kreis herum. Der junge Mann zieht sich seinen Pyjama an und den gestreiften Bademantel und wirft sich auf das Sofa im Wohnzimmer. Lena und Mischa kommen ins Zimmer gerannt und springen auf den Bauch des Vaters und balgen. Dann läuft Mischa zum Hamsterkäfig, öffnet die Tür und nimmt das braune Tierchen in die Hand. Währenddessen macht Jura den Ärmel seines Pyjamas bereit, um den Hamster in diesem Labyrinth zu empfangen. Das Tierchen wird in den Pyjamaärmel gesetzt und beginnt ihn entlangzulaufen, plumpst dann am Ende des Ärmels den Rücken hinunter, hangelt sich am Stoff wieder nach oben und schaut anschließend aus dem anderen Ärmel wieder heraus. Dann läuft der Hamster zurück zum Rücken, hangelt sich hoch bis zum Kragen und findet dort seinen Lieblingsort, zerwühlt mit der Nase das Flanell und kommt in Juras Nacken zur Ruhe. Auch Lena und

Mischa liegen nun zusammengerollt um Jura herum, sachte spielt er mit Mischas schwarzen Haaren und hält in der anderen Hand Lenas langen, glatten Zopf. Ein Wohnzimmerkönig auf seinem Thron, vor sich das spiegelglatte Parkett, das er geschliffen hat.

Als die kleine Familie damals in die Dreizimmerwohnung gezogen ist, die ihnen zugeteilt wurde, war das Fischgrätenparkett im mittleren Zimmer das Erste, was Jura auffiel. Er lief umher, maß mit der Schrittlänge den Raum und probierte auch einen beiläufigen Tanzschritt. Dann rief er Nina zu sich, die gerade die anderen Zimmer inspizierte, und fragte: «Wie wäre es, wenn ich uns einen Tanzboden mache, einen glatt geschliffenen, lackierten Tanzboden, auf dem man sich spiegeln kann wie in einem feinen Saal?» Gesagt, getan. Einige Tage nach dem Einzug brachte er seine Freunde mit nach Hause. In der Küche wurde aufgetischt für sieben, und Jura und die anderen polierten den Wohnzimmerboden. Tagelang belagerten die Freunde die Wohnung und machten aus dem unscheinbaren Raum einen Tanzsaal. In der Küche briet man Fisch, und unzählige Salzgurkengläser und Wodkaflaschen wurden geköpft. Dann wurde der Boden lackiert, und die Wohnung war für eine ganze Woche nicht betretbar, bevor Jura mit Nina im Arm einige Tanzschritte wagen konnte. Sie wand sich lächelnd aus seiner Umarmung, sichtlich zufrieden und strahlend.

Auf diesem glatten Parkettboden lässt Jura den Hamster ein wenig umherlaufen. Die Kinder erzählen ihre Erlebnisse vom Tag, Nina hantiert in der Küche.

Der Hamster durchquert emsig den Raum und verschwindet im Nebenzimmer. Es wird gescherzt und gelacht, Lena sagt ein Gedicht auf, und plötzlich fragt Mischa: «Wo ist der Hamster?» Jura ruft nach Nina, die stürmt heiter fluchend ins Zimmer, und alle vier robben lachend über den Boden und suchen das winzige Tier. Nina nimmt sich das Zimmer mit dem kleinen Fenster vor. Es ist bis zur Hälfte verstellt von dem großen Holzschrank, der Lenas Refugium ist. Auf dem Schrank ist gerade so viel Platz, dass sie ausgestreckt liegen und den Kopf hoch genug heben kann, um ihre Bücher zu lesen. Nina schaut unter den umgefallenen Schultaschen und verschiebt die Blumentöpfe. Jura bleibt derweil im Wohnzimmer und sucht unter der Couch und hinter dem Fernsehschrank, während die Kinder in der Küche und in der Speisekammer die Vorräte durchsehen. Bestimmt eine Stunde wird gerobbt, gesucht und verschoben, bis sie sich alle vier wieder auf dem Spiegelparkett im Wohnzimmer einfinden und ratlos herumstehen. «Er kann ja nicht verschwunden sein, er wird schon wieder auftauchen», sagt Jura, lässt sich in den Schaukelstuhl fallen und greift sich die Zeitung.

Doch der Hamster bleibt verschwunden. Jeden Abend versammelt sich die Familie im Wohnzimmer und schwärmt aus, um den Flüchtigen zu suchen, und jeden Abend sitzen sie wieder ratlos in der Küche, trinken ihren Tee und beratschlagen das weitere Vorgehen. Nach einer Woche ist es Nina, die vorschlägt, tagsüber, wenn alle außer Haus sind, etwas Essbares auf dem Boden zu lassen und zu sehen, ob es gefressen wird. Am nächsten Tag stellt sie morgens einen Teller mit Buchweizengrütze auf, und als sie von der Arbeit kommt, ist tatsächlich ein wenig von der Grütze verschwunden. Gemeinsam gesucht wird nicht mehr, aber jeder der vier schaut hin und wieder selbstständig hinter einen Schrank oder in der schmutzigen Wäsche, und jeder der vier nimmt auch ab und zu einen Lappen zur Hand, um die winzigen Exkremente wegzuputzen, die der Unsichtbare hier und da hinterlässt.

Nina und Jura haben zu dieser Zeit die Zärtlichkeiten noch nicht verlernt. Sie wissen noch, wie die kleinen aufmerksamen Blicke den Alltag würzen, wenn sie einander im Flur mit einem Lächeln hinterhersehen, wenn ein heruntergefallener Schal aufgehoben und zusammengefaltet wird oder ein vernachlässigter Schuh ungefragt geputzt. Aber langsam und unmerklich verschwinden diese Gesten, und mit ihrem Verschwinden wächst die Kluft, die die beiden jungen Menschen trennt. Jeder bleibt auf seiner Betthälfte mit sich allein. Schwer wird es, die Hand auszustrecken nach dem Körper, der eingerollt in eine Decke und mit dem Gesicht zur Wand auf der anderen Seite des Bettes seine Träume allein träumt. Ein nicht ausgelebter Ehrgeiz sitzt beiden im Nacken, und die Enttäuschung darüber findet anderswo Bühne und Publikum. Nachts schleicht Jura in seinem Pyjama über das blaue Linoleum. Er öffnet den Kühlschrank, ohne das Licht einzuschalten, und versucht, nicht mit den Deckeln zu klappern, während er die Reste des Abendessens vom Topfboden kratzt. Nina hört ihn trotzdem, bleibt manchmal liegen und schluckt ihre Wut oder stürmt in die Küche und schaltet das grelle Licht an: «Zu Tode fressen wirst du dich», sagt sie, und sie wird recht behalten. Den zweiten Infarkt werden die verfetteten Gefäße nicht überleben. Teuer erkauft sich Jura seine Milde, kaut seinen Zorn mit Brot und Butter weg.

Auch die Kinder bekommen es zu spüren. Werden vom Vater gelobt und verhätschelt und von der Mutter hart bestraft und an der kurzen Leine gehalten.

Der Hamster bleibt unterdessen verschwunden. Sechs Monate, den ganzen Sommer und Herbst, lebt das kleine Tier unauffindbar auf den siebzig Quadratmetern. Wenn die Familie tagsüber ausgeflogen ist, erlaubt er sich vielleicht einen ausgiebigen Spaziergang, kaum hört er aber den Schlüssel im Schloss, ist es Zeit, sein geheimes Versteck aufzusuchen.

Als der Herbst Kasan in eine gelb-rote Blätterlandschaft hüllt, werden im Hof die Teppiche ausgeschlagen. Die ganze Nachbarschaft schleppt die schweren Rollen in den Hof und drischt bei fröhlichem Geplauder in der Herbstsonne auf die staubigen Teppiche ein. Die Fellmützen werden aus Plastiktüten geholt und die Mäntel mit Bürsten vom Sommerstaub befreit. Nina kontrolliert alle Taschen und dreht die Ärmel der Mäntel nach außen, und dabei findet sie ihn, den flüchtigen Mitbewohner, eingerollt in ein altes Taschentuch, zufrieden und satt.

Die Papierheiligen

Irgendeine Person wird die letzte sein. Irgendein Bissen wird der letzte sein. Ein Stück Apfel, vielleicht auch eine Praline, die man mit zitternden Fingern aus einer Schachtel nimmt und vorsichtig an den Mund führt, der kaum noch schlucken kann. Dieser Geschmack wird der letzte sein, und eben irgendein Mensch. Vielleicht jemand, den man sein Leben lang gesehen hat und der einem nicht weiter auffiel. Wie Sascha. Ninas Onkel Sascha, der fast gleichaltrig mit Nina war, da Ninas Großmutter sehr früh und sehr spät geboren hatte. Sie hatten sich öfter besucht und gegrüßt, aber nicht weiter beachtet. Nina war in die Hauptstadt gezogen, er war im Dorf zurückgeblieben, hatte sich ein Nest gebaut, das er nicht gern verließ.

Als Nina in die alte Wohnung ihrer Mutter zieht, aussortiert von den Kindern, erinnert sie sich an ihren Verwandten. Sie ruft ihn an und verabredet einen Besuch. Ohne es selbst zu wissen, wählt sie damit die letzte Person, die sie lächeln sehen wird.

Für Sascha sind die täglich geputzten Schuhe das Wichtigste. Kein anderer Mann in der Gegend hat so gepflegte Schuhe wie er. Die Schirmmütze sitzt sorgfältig ausgerichtet auf dem kleinen Kopf. Diesen Kopf hält Sascha mit Schach in Form, seinen Rumpf mit Tischtennis und die Beine mit dem Weg zur Arbeit. Die Arme und Hände braucht er zum Kochen und Bügeln. Ein Meter sechzig Körpergröße darf Sascha sein Eigen nennen, und dieses Männlein ist stets in Bewegung. Seine Frau arbeitet im Kindergarten und isst gern, und was sie isst, bereitet Sascha zu.

Nina besucht Sascha in seiner engen, mit Schrankwänden und bunten Teppichen ausgestatteten Wohnung. Der Fernseher läuft, als sie zum Essen kommt. Der Tisch ist mit allem gedeckt, was im Haus ist: Teigtaschen, Hähnchen, Kartoffeln, Salate, verziert mit Radieschenfigürchen. Die Torte muss auch von Anfang an auf den Tisch, genau wie das Obst und die Gläser mit süßlichem Wein, herrliches Gift für die alternden Leidensgenossen. Im Fernsehen laufen keine Nachrichten, die Auskunft geben könnten über den Zustand des Landes. Es werden alte Filme aus den Fünfzigern und Sechzigern gezeigt. Filme, die Nina aus ihrer Jugend kennt und die ihr das wohlige Gefühl geben, es wäre seitdem keine Zeit vergangen. Sie handeln von Kommunalwohnungen und Raubüberfällen, bei denen die Einbrecher am Ende zufrieden mit den Überfallopfern am gedeckten Weihnachtstisch sitzen, oder von Arbeitsplatzromanzen von Mitte Vierzigjährigen mit Happy End und Songs zum Mitsummen. Die gute alte Zeit ist hier die Speise auf dem gedeckten Tisch und für die Köpfe. Manchmal scheint es, als dürfte nur ein winziger Teil der russischen Bevölkerung in der Gegenwart leben, der Rest ist verdammt dazu, einen sozialistischen Schwarz-Weiß-Film zu bewohnen, in dem er nur die Statistenrollen übernehmen darf: einen Kredit aufnehmen, zur Arbeit gehen, Marmelade einkochen, zufrieden sein und zur heiligen Muttergottes beten. Nina selbst betet nicht. In ihrer Küche hängt zwar eine vergilbte Muttergottes von Kasan, aber sie hängt dort gleichberechtigt mit den vielen anderen ausgeschnittenen Bildern aus Zeitschriften oder von Konfektschachteln. Makellose Glanzgesichter auf Glanzpapier blicken von den Wänden herab, während im eigenen Mund schon wieder ein Zahn wackelt, der nicht nachwachsen wird.

Sascha erwischte der Glaube im Krankenhaus. Dort, wo die verschiedensten Viren sich tummeln, erwischte ihn die Frömmigkeit. Er war wegen eines Milzleidens über längere Zeit ans Krankenhausbett gefesselt, und sein Bettnachbar war ein Geistlicher. Sascha erzählt Nina, Gott habe ihm den Geistlichen gesandt. Zehn Tage fürs Märchenerzählen hatten die beiden im Krankenhaus. Die ausgelagerte Seligkeit und die Aussicht auf ein Leben nach dem Tod klingen verführerisch, und so wurde Sascha dort bekehrt. Er beschreibt, wie er beginnt, die Bibel zu lesen. Die Heilige Schrift lässt ihn die Familie, die Arbeitskollegen und Nachbarn in einem neuen Licht sehen. Pflichterfüllung, Treue und Sorgfalt, das schreibt er sich auf seine kleine Fahne. Aber er spricht nicht nur von seinen Prinzipien, er folgt ihnen auch. Gehorsames Fleisch und genügsame

Herzen verlangt die Heiligenverehrung. Das Edle, das Freie, das Widerspenstige, das Unfassbare, all das wird im Jenseits vermutet und golden gerahmt, verziert bis zur Unkenntlichkeit.

Sascha speichert auf seinem Smartphone alle wichtigen Feiertage und Heiligengeburtstage und schickt seinen Freunden und Verwandten auf WhatsApp Erinnerungen an die Geburtstage derer, die man nicht sehen kann und von denen man sich nicht einmal ein Bild machen soll.

Das Heilige ist die überzuckerte Speise für die Hungrigen mit den eingezogenen Schwänzen. Überall in Saschas Wohnung findet Nina Bruchstücke der ersehnten anderen Welt. An den Wänden hängen Ikonen, auf billiges Glanzpapier gedruckt. Die Farben sind strahlend, wirken fast wie aus einem Werbeprospekt. Die Gesichter der Apostel und Marienfiguren sind einheitlich und auswechselbar, und die Liebe, mit der Sascha diese Papierheiligen behandelt, treibt Nina Schauer über den Rücken. Im Flur liegen bunte Tücher mit Blumenmuster, gebügelt und zusammengefaltet, und warten auf den nächsten Gang zur Kirche. Bequem und beruhigend ist Gottes Abwesenheit, während im Bett neben einem ein echter hungriger Mensch schläft, der angefasst werden will.

Auf der Fensterbank stehen gerahmte Fotos von Sascha und seiner Frau im Garten mit Blumensträußen in der Hand oder frisch gefangenen Fischen und Eimern voller Pilze, die sie selbst gesammelt haben, und in einer Obstschüssel sitzt unbeweglich Saschas Katze.

Nina legt ihre schwere Hand auf den Rücken der Katze, während sie ihren Tee umrührt und gemeinsam mit dem Tier aus dem Fenster sieht. Ein schwarz-weiß geflecktes Tier, das Sascha beim Arbeiten zusieht, beim Bügeln und Braten und Beten. Zufrieden streift es den ganzen Tag umher, darf Mäuse fangen und bekommt abends einen Platz zum Schlafen. Zufrieden sind die Tiere in diesem großen, herrenlosen Land, denkt Nina. Sie bewohnen die Straßen, klettern auf Müllhalden herum und pflanzen sich fort, wann und mit wem sie wollen. Sie streifen mit erhobenen Schwänzen durch die gut geheizten Wohnungen, spielen mit scharfen Krallen und genießen ihre Unberechenbarkeit. Nüchtern sind ihre Augen, und fordernd ist ihr Blick, kein anderer Ort als der Baum, auf dem sie sitzen, ist ihnen bekannt, und wenn ein Auto sie überfährt und das Licht in ihren Augen erlischt und der kleine Körper achtlos am Straßenrand liegen bleibt, dann müssen sie sich nicht auf einen beschwerlichen Weg in ein unbekanntes Paradies machen, sie dürfen in Ruhe verrotten und zurückkehren zu der Erde, aus der sie gemacht sind.

Nina ist ein Zaungast in diesem Bild mit Sascha, dem zufälligen Letzten, der so austauschbar ist wie seine Frömmigkeit und der Glanz der Papierheiligen. Sascha wird Nina auf ihrem letzten Weg im Krankenhaus nicht ihren Frieden lassen. Der Katzenfrieden ist Nina nicht vergönnt. Sie wird sich die monotonen Gebete anhören müssen bis zum Schluss. Die Hoffnung der Zurückbleibenden auf ein Weiterleben. Die gestammelten Beschwörungen, die Sascha leise neben Ninas Bett flüstert, und sein Bitten, dass da jemand ist, der ihn hört.

Sicher hätte Nina eine andere Person gewählt, als Begleitung neben ihrem Bett in den letzten Stunden. Aber am Ende ist meist auch das Wählenkönnen zu Ende, und so ist es der unscheinbare Mann mit der Schirmmütze, der plötzlich in der Tür zum Krankenzimmer stehen bleibt und sich noch einmal zu ihr umdreht und die Hand hebt und winkt und Nina ein letztes Mal lächeln sieht.

Das Tanzkleid

Als Nina fünfzehn Jahre alt ist, geht sie samstags zum Tanzen. Hellblau angepinselt ist der Tanzplatz, eine niedrig umzäunte Fläche, an deren Rändern die Jungen lungern und Ausschau halten nach den hübschesten Mädchen. Für diesen Samstagstanz hat Nina ein Kleid, ein dunkelblaues aus fester Schurwolle, das ihren schmalen Körper kantig und präzise rahmt. Außerdem hat Nina eine Schatulle voller kleiner Perlen. Die sind dafür da, jeden Samstag ein neues Bild auf das Bruststück ihres Kleides zu sticken. Meist beginnt sie damit schon am Montag und verbringt ihren Abend mit der Anfertigung eines Schmetterlings oder eines Pferdes im Sprung. Am Freitag wird die Zeit oft knapp, und sie muss bis spät in die Nacht sitzen und Perlen auffädeln und sie an dem Kleid befestigen. Am Samstag nach dem Frühstück legt sie ihr Haar. Ihr schwarzes Haar ist fest und glänzend, sie schiebt es mit einem Kamm vorsichtig in Wellenform und steckt es mit einer Klammer fest. Welle für Welle rahmt sie ihr Gesicht und macht hinten einen winzigen Knoten, den sie unsichtbar fixiert. Nylonstrümpfe besitzt sie nicht, also müssen die Füße nackt in die Schuhe.

Schon auf dem Weg zum Tanzplatz hört man junge Mädchen kichern und Jungs mit verstellt tiefer Stimme einander etwas zubellen. Nina hat sich bei einer Freundin eingehakt und begutachtet die Jungen von Weitem. Da sind die Breitgebauten, die schon mit vierzehn ein ausladendes Kreuz haben. Mit schweren Beinen stampfen sie umher. Und dann sind da die Langen, die gefallen Nina, die biegsamen Jungs, die sich rauswinden aus den Umarmungen. Dicke Haare, im Nacken kurz geschnitten, und lange Hälse gefallen Nina, denn ihr eigener ist kurz. Sie sieht hohe Stirnen und Nasen, die wie ein Widerstand im Gesicht sitzen oder sich einfügen in die Verwandtschaft mit dem Mund. Nina liest die Linien aufmerksam.

Angekommen vor der Tanzfläche, drängt sie sich tief in die Menge hinein. Sie riecht die Meute und kann sich die Jungen aus der Nähe noch besser ansehen. Kann noch sorgfältiger die Unterschiede betrachten, bevor sie auf die Jagd geht mit ihren Augen. Denn zu nah herangehen sollte man nicht, die heranwachsenden Männer sollen das ganze Bild sehen. Ihren Kopf mit den schwarzen Wellen, die entschlossenen Augen. Sie sollen die Linien ihres Körpers erraten, ausgehend von ihren Fesseln. Denn Fesseln verraten uns, ihre Festigkeit und ihr Umfang geben Auskunft über all die anderen Linien unseres Körpers. Nina lässt ihren Blick wandern über die straffe, sonnengebräunte Haut, die Unruhe der Glieder. Sie weiß nicht, was sie sucht, aber der Hunger treibt sie. Ein unbekannter Hunger, der da in ihr erwacht und ihre braunen Augen nun fast schwarz wirken lässt. An der Seite der Tanzfläche kann man einen Kwass kaufen, ein dunkles Getränk aus alter Brotrinde und Hefe, und Nina stellt sich mit einem Glas in der Hand an die Seite und schaut.

Durch das Gewirr der tanzenden Beine und um Hälse geschlungenen Arme sieht Nina ein lachendes Gesicht. Wer das ist, der da lacht, weiß sie nicht. Sie sieht die braun gebrannte Haut und das flachsfarbene, kurz geschnittene Haar, das in alle Richtungen steht. Nicht zu früh hinsehen. Erst einmal nur aus den Augenwinkeln heraus, ihn aus der Menge schälen. Er tanzt mit einem Mädchen, das Nina nicht kennt. Man kann ihre Brüste schon deutlich das Kleid wölben sehen, ein klarer Vorteil, aber noch hat er Nina nicht gesehen und ihr Lachen nicht gehört.

Jetzt nicht nervös werden, den geeigneten Augenblick abwarten, um sich zu zeigen. Sie dreht ihm den Rücken zu und geht tiefer in die Menge hinein, ab und zu dreht sie sich um, sie will ihn im Blick behalten. Vielleicht noch etwas warten, sich ihm heute noch gar nicht zeigen, er wird ja wiederkommen, alle kommen wieder samstags zum Tanz. Allerdings hat sie ihn hier noch nie gesehen, vielleicht ist er aus einem Nachbardorf, womöglich ein Fremder. Er wird schon wiederkommen. Nur nichts überstürzen, die Gelegenheit abpassen, den inszenierten Zufall. Nina stellt sich an den Rand der Tanzfläche, sie weiß, dass er weiter hinten tanzt. Heute aber, hat sie beschlossen, wird sie nichts tun, um ihm näher zu kommen. Jemand hat Nina zum Tanz aufgefordert, ein Junge ohne Namen, sie sieht ihn kaum an, denn sie lauert, biegt ihren kurzen Hals im Drehen nach allen Seiten. Durch die Menge ein Blick auf seine Schulter, seinen Hinterkopf. Noch nicht, heute noch nicht.

Der Schweiß netzt die Gesichter, während der Abend sich auf die Szene legt und die Schritte verlangsamt. Sie steht noch immer abgewandt und spricht mit einer Freundin, aber ihr ist, als hätte er sie gesehen. Als läge jetzt sein Blick auf ihrem Rücken. Nicht umdrehen. Heute noch nicht. Sie wendet sich zum Gehen und verabschiedet sich hastig. «Nina, Nina, wo willst du denn jetzt hin, es ist doch so früh», sagen die Mädchen, aber Nina geht und nimmt ihn mit sich, seinen Blick. Denn tatsächlich, er schaut sie an, schon eine ganze Weile. Sie hatte den Kopf beim Lachen zurückgeworfen und ihre kleinen Zähne gezeigt. Er hört sie, bevor er sie sieht. Er kennt sie nicht und niemanden in ihrer Runde. Abwarten und herausfinden, wer sie ist, denkt er.

Nina geht vom Tanzplatz weg in die Allee hinein. Sein Blick lag bis eben noch auf ihr. Jetzt spürt sie ihn nicht mehr, sie spürt nur, dass ihr Gesicht glüht. Ein prickelndes Rot breitet sich auf ihren Wangen aus. Nina geht die dunkle Allee entlang. Die Fichten umringen sie wie stille Aufpasser in langen Mänteln, und ihr ist, als sei etwas in ihr aufgestiegen, ein alter Entschluss, der gar nicht ihr gehört, sondern sie nur bewohnt. Als würde sie sich bereit machen, eine Gestalt anzunehmen, die sie noch nicht kennt. Sie geht durch die Allee, die gesäumt ist von im Dunkeln farblosen Blumenbeeten, und spürt die Hitze in ihrem Körper. Gefährten, die nicht schlafen können, sind diese beiden, die einander noch nicht kennen. Nina und der Junge, dessen Namen sie nicht weiß. Aus einer Vielzahl an Armen und Beinen haben ihre Augen ihn herausgesucht und beschriftet mit all den süßen Wünschen, die ein junges Mädchen hat.

Am nächsten Morgen beginnt eine Woche, die Nina nicht schmeckt wie eine Suppe ohne Salz. Nina verrichtet routiniert ihre Aufgaben, so schnell wie möglich, um nach Hause zu rennen zu ihrem Kleid und den Perlen. Ein Pferd im Sprung ist das Bild für den nächsten Samstag.

Von Freitag auf Samstag schläft sie schlecht. Sie steht früh auf und beendet das Perlenbild. Ein paar Gräser aus Perlen stickt sie noch, dort, wo das Pferd an ihrer Brust sich vom Perlenboden aufbäumt. Dann werden wieder die Haare gelegt, in noch feinere Wellen, und Strümpfe hat sie sich dieses Mal ausgeliehen, Seidenstrümpfe.

Den Weg zum Tanzplatz geht sie allein. Ob er da sein wird, fragt sie sich, ob er sie erkennt. Jetzt glühen ihre Wangen schon, bevor sie ankommt. Alle ihre Freunde sind auf dem Tanzplatz, sie ist besonders spät losgegangen, um sicherzugehen, dass er da ist. Sie begrüßt ihre Freundinnen, geht durch die Menge, eng ist es heute, kaum ein Durchkommen. Sie kauft einen Kwass und stellt sich an den Rand. Stehen und schauen, aber sie sieht ihn nicht. Sie sucht die Gesichter ab, unaufmerksam, nachlässig schnell. Dunkel färben sich ihre Augen. Diesmal nicht vor Hunger, sondern vor Zorn. Sie windet sich aus dem Gespräch, das sie gerade angefangen hat, und geht wieder durch die Menge, vergleicht, prüft und verwirft, was sie sieht. Er ist nicht da. Hätte sie doch beim letzten Mal etwas getan, ihm gezeigt, dass sie ihn meint, ihn gesehen hat. Was, wenn er nicht wiederkommt und es zu spät ist? Blass scheinen heute die Umrisse der jungen Menschen, als hätte die Farbe das Bild verlassen, als wäre alles verwischt und schmutzig. Sie geht noch einige Male über die Tanzfläche und verlässt den Platz finster. Die Fichten wirken heute auf sie wie eine Mauer aus Stein, und das Pferd auf ihrer Brust ist lächerlich heiter. Vor Nina erstreckt sich die Allee wie die kommende Woche, eine endlose Etappe von Schritten und Aufgaben. Putzen, Kochen und Warten. Nur das Bild für das Kleid, das ist die einzige Frage, die Nina hat, welches Bild für das Kleid? Ein Vögelchen auf einem Zweig, das wird sie aus Perlen sticken.

Von Montag bis Freitag die alten Pflichten. Fußböden schrubben. In die Schule gehen. Kartoffeln schälen. Nur dauert das alles doppelt so lange, quält und nervt. Endlich nach Hause laufen, die Hände waschen und das Kleid vor sich ausbreiten. Neben ihr die Schatulle und die nach Farben sortierten winzigen Perlen. Sie hat ein Bild aus einem Buch herausgerissen und neben sich gelegt, der Vogel wird nach diesem Muster gefertigt. Am Mittwoch ist sie fast fertig und unzufrieden. Der Kopf des Vögleins passt nicht zum Körper, ist zu groß und fügt sich nicht ins Bild. Abtrennen wird sie die Pracht und von vorn beginnen. Die Nächte von Mittwoch auf Donnerstag und Donnerstag auf Freitag, das müsste genügen. Die Nacht von Freitag auf Samstag muss sie schlafen. Die Fingerkuppen sind zerstochen, aber das Bild ist fertig, das Kleid wie neu.

Am Samstagmorgen ist sie blass, findet ihre Mutter. «Iss was, Kind», sagt sie, aber Nina will nicht. Die vollen Lippen wirken schmal, und die dunklen Augen stechen groß und glänzend aus dem Gesicht hervor, während sie ihre Haare legt und sich anstarrt. Was, wenn er heute nicht kommt, was, wenn er nie wieder kommt? Sie trinkt einen Tee mit Zucker, den ihre Mutter ihr hingestellt hat, und macht sich auf den Weg.

Heute geht sie früher zum Tanzplatz, vielleicht war er letztes Mal da und nur früher gegangen. Sie wird warten, bis der Tanzplatz schließt an diesem Abend.

Die Allee ist viel kürzer als sonst, es ist zu hell, Nina fühlt sich beobachtet in der warmen Abendsonne und drückt sich an den Beeten entlang den Weg hinunter. Die Leninstatue steht ernst und eisern an der Seite, und Nina ist, als hätte sie heute einen hämischen Ausdruck. Sie würde gern umdrehen. Warum nicht noch eine Woche warten? Nein, weitergehen, nicht stehen bleiben.

Auf der Tanzfläche sind nur ein paar erste Gestalten, das Orchester stimmt die Instrumente, und die Musiker rauchen und lungern an den Rändern herum. Warum ist sie nur so früh losgegangen? Es heißt wieder warten, die nächsten Stunden nehmen es an Länge mit der letzten Woche auf. Sie kauft einen Kwass und setzt sich auf eine Bank etwas abseits. Kann sie sich überhaupt erinnern, wie er aussieht? Zwei Wochen ist es her, dass sie ihn gesehen hat. Er war nicht groß, einer von den Breiteren, die Stirn war hoch, das Gesicht ergab Sinn, da störte nichts, war kein Anecken. Etwas Sanftes ging von ihm aus, etwas Großzügiges. Er hat bestimmt keine laute Stimme, denkt sie. Die Tanzfläche beginnt sich zu füllen. Die ersten Paare liegen sich in den Armen, Nina beginnt, durch die Menge zu wandern. Sie hat einen anderen Rhythmus als die Tanzenden, langsam geht sie und schaut nun, ohne es zu verstecken, nach ihm. Nina grast die Gesichter ab, wieder und wieder, aber sie sieht ihn nicht. Die aufgerissenen Münder und das Geschrei quälen sie, machen sie gereizt. Sie geht umher mit zusammengepressten Lippen, und ihr Blick findet nirgends Halt. Sie führt kurze Gespräche, reißt sich aber immer wieder los und geht weiter, fast schon fiebrig ist ihr Umherirren zwischen den Tanzenden. Als es ganz dunkel ist und die Abendbeleuchtung angeschaltet wird, setzt sie sich auf die Bank, auf der sie am Beginn des Abends gesessen hat. Sie sitzt am Rand, eine zusammengesunkene Figur. Trotz des Lärms und der sich drehenden Lichter nickt sie auf der Bank ein.

Das ist der Augenblick, in dem Jura sie sieht. Die kleine Gestalt auf der abseits stehenden Bank. Ein Lächeln wandert über seine Lippen. Er neigt den Kopf ein wenig und betrachtet sie. Ihre Füße sind nach innen eingeknickt, ihr Kopf mit den sorgfältig gelegten Wellen ist nach vorn gefallen, und die Handtasche liegt unbewacht auf ihrem Schoß, die Hände sind neben ihren Körper gesunken. Er geht vorsichtig zu ihr und zieht die Handtasche unter ihrem Arm hervor, öffnet sie und betrachtet den Inhalt. Viel ist nicht zu finden. Ein Taschentuch, ein Schlüssel und einige Rubel. Das Taschentuch aber ist bestickt. Nina Nikolaijewna steht mit rotem Faden auf dem weißen Stoff. Ein zweites Mal lächelt er. Er platziert die Handtasche wieder neben Nina und geht.

Als Nina erwacht, sind nur wenige Jugendliche auf dem hellblauen Tanzplatz. Zigarettenstummel bedecken den Boden, und sie hält sich den Kopf, der dröhnt und schmerzt, und macht sich auf den Heimweg. Die Allee ist länger als sonst, aber tröstlich, eine vertraute Freundin, die Nina nach Hause begleitet, und auch die Leninstatue scheint mitleidig zu ihr herüberzuspähen. Genug Kraft, um zornig zu sein, hat sie nicht mehr, sie stellt nur einen Fuß vor den anderen und weint.

Die nächste Woche ist nüchtern und geschäftig. Sie denkt nicht mehr an ihn oder gibt sich Mühe, nicht an ihn zu denken, den fremden Abwesenden. Sie kann sich kaum erinnern, wie er aussieht, und er verblasst langsam und unaufhaltsam vor ihrem inneren Auge. Lustlos trennt sie die Perlen von ihrem Kleid und bestickt es wie jede Woche. Das einfachste Motiv, das sie kennt: ein Häuschen und ein Wölkchen dazu. Das Kleid nicht zu besticken, kommt nicht infrage, denn das ist ihre eigentliche Arbeit, ihr eigenes Werk. Am Samstag ist alles wie immer, die Haare waschen und legen. Einen Kefir trinken und in ein Stück Brot beißen.

Als Nina die Allee zum Tanzplatz entlanggeht, ist die Allee einfach nur die Allee, gesäumt von niedrigen Blumenbeeten, und links steht die Leninstatue ohne lesbaren Gesichtsausdruck. Die Tanzfläche ist gefüllt, und die Abendlichter brennen schon. Sie begrüßt ihre Freundinnen und erkundigt sich, was es Neues gibt. Sie stromert durch die Menge und nimmt heute gleich drei Tänze an, und während sie tanzt und sich dreht und lacht, fällt ihr Blick auf die Bank, die abseits steht, und auf der Bank sitzt er und hält ein Taschentuch in der Hand. Ihre Augen bleiben an ihm hängen, während sie sich weiterdreht und er seinen Kopf hebt und Nina und Jura sich ansehen zum ersten Mal.

Geerbtes Gift

Mit siebzehn Jahren komme ich nach Russland. Ich will meine verloren gegangene russische Sprache wiederfinden – und meinen abwesenden Vater. Als Nina das hört, runzelt sie nur ihre Stirn und fragt: «Wozu?» Die Väter waren weg. Tanjas Mann war im Krieg gefallen. Ninas Mann hatte sich mit einem Haufen Eier, Brot und Butter in den Herzinfarkt gefressen, und Lenas Mann hatten die Trümmer der Sowjetunion unter sich begraben. Die Gesichter der Väter geisterten fortan in den Köpfen dieser Frauen, und sie fanden die Linien nicht wieder. Die Frauen krempelten die Ärmel hoch. Sie hatten die Kinder zu versorgen, die Tiere zu füttern und die Pflanzen zu gießen.

Als ich in Russland ankomme, um ihn, meinen Vater Viktor, zu suchen, habe ich nur ein Foto in der Hand. Ein gut aussehender bärtiger Mann mit einem Kind auf dem Schoß ist darauf zu sehen, der an einem tragbaren Radio dreht und das Kind milde und schüchtern anlächelt. Auf meine Anrufe bei ihm antwortet nur seine Ehefrau und sagt, er sei nicht zu Hause. Seine Kollegen auf der Arbeit wiederum informieren mich darüber, dass er sich Urlaub genommen hat. Ich telefoniere mit unzähligen Schulfreunden und ehemaligen Kollegen meiner Mutter, Viktor aber bleibt unauffindbar.

Nina sitzt derweil Nachmittag für Nachmittag mit mir in der Küche und kaut Kartoffeln mit Sauerkraut, beantwortet geduldig meine Fragen und korrigiert mein Russisch. Um mir das Warten auf den Langersehnten zu versüßen, schlägt sie mir vor, sie zur Arbeit in den Kindergarten zu begleiten. Ich stimme freudig zu und finde mich schon am nächsten Tag auf einem Kinderschemel in der Ecke eines großen Raumes wieder. In dessen Mitte steht Nina, umringt von schreienden Kindern. Nina bohrt in der Nase. Sie steckt ihren dicken Finger tief in das rechte Nasenloch und bohrt genüsslich darin herum. Die Knirpse grölen: «Ist das eklig, Nina Nikolaijewna! Igittigitt!» Nina lässt sich nicht aus der Ruhe bringen und bohrt weiter, während sie den Höhepunkt des Geschreis abwartet. Kurz bevor die Kinder erschöpft sind, nimmt sie den Finger aus der Nase und sagt: «Wenn es so eklig ist, dann lasst doch das Nasebohren sein.» Ich schaue Nina von meinem Schemel aus an, und sie hebt ihr Kinn ein wenig höher, sichtlich zufrieden mit ihrem gelungenen Korrektiv.

Zurück in der Küche, steht sie am Herd und wendet die Kartoffeln, der Kanarienvogel flattert hektisch im Käfig, und ich merke, dass sie mit meinem Vater die Geduld verliert. Wir essen dieses Mal stumm, und nachdem ich den letzten Bissen heruntergeschluckt habe, sagt sie, ohne mich anzusehen: «Zieh dich an, wir fahren hin.»

Die Stunde, die der Bus über die von Schlaglöchern übersäten Straßen holpert, dehnt sich ins Unendliche. Nina sitzt konzentriert und ein wenig versteinert neben mir und hält nicht meine Hand. Das, was jetzt kommt, muss ich allein durchstehen. Als wir aussteigen, breitet sich vor meinen Augen die triste Hochhaussiedlung aus, in der ich als Kind auch ein Zimmer bewohnt habe, in derselben Wohnung, in der mein Vater auch jetzt noch lebt, nun aber mit einer neuen Frau und einem neuen Kind.

Schon von Weitem sehe ich ihn. Leicht gekrümmt, nervös, eine Zigarette in der Hand, lungert der noch immer gut aussehende Mann vor dem Eingang der Nummer 213 herum. Ich bleibe stehen und drehe mich zu Nina um. Sie gibt mir ein Zeichen mit der Hand, ich soll also allein gehen. Nina hatte die Frau meines Vaters angerufen und mit unmissverständlichen Worten erklärt, sie solle Viktor ausrichten, das Versteckspiel müsse nun ein Ende haben. Am nächsten Tag meldete sich die Ehefrau: «Ja, er ist bereit, Sie können kommen.» Was am Küchentisch so spontan dahingesagt klang, hatte Nina also sorgfältig geplant.

Die zwanzig Meter bis zu dem bärtigen Mann erscheinen mir unüberwindbar, und doch atmet gleichzeitig etwas in mir auf. Ich sehe, wie der Mann, der mein Vater ist, leicht zittert und abwechselnd den Blick auf mich richtet und wieder abwendet. Das Gleiche tue auch ich, jeder Schritt ermüdet und erleichtert mich. Das also ist er. Sein Cordsakko ist ein wenig zerschlissen, die Flicken auf den Ellbogen passen nicht zum

Stoff. Das Hemd ist gebügelt, sein Gesicht faltig, gerötet und gutmütig. Die Haare sind lichter, aber noch da, und hinter der Brille funkeln mir entsetzte und heitere Augen entgegen. Ich bleibe stehen, zu weit weg für eine Umarmung und nah genug für die Verlegenheit, die sich nun zwischen uns ausbreitet.

In diesem Moment denke ich nicht mehr an Nina, die in meinem Rücken stehen geblieben ist. Wie lange hat sie dort gestanden und uns zugesehen? In ihrer Erinnerung sah sie vielleicht wieder das Schilf, das sich im Wind bewegte, und ihren Vater hinter einem Baum, der vielleicht einfach nur ein Fremder war, dem sie gefallen hat mit ihren schwarzen Zöpfen.

Ich aber weiß, dass das mein Vater ist. Wir erinnern uns aneinander. Er zeigt mir den Weg zur Eingangstür, und ich betrete das Treppenhaus, das mich ein Stück meiner Kindheit erinnern lässt. Als Viktor die Eingangstür öffnet, schlägt mir ein schmerzhaft vertrauter Geruch entgegen: Zigaretten, alte Möbel und Kohlsuppe. So gut wie nichts hat sich verändert, nur ein wenig gelber ist alles geworden. Mir scheint, als wäre kein einziges neues Möbelstück dazugekommen, nur ein neues Kind und eine neue Frau. Das Kind ist genauso blass und durchscheinend wie ich und die Frau ähnlich stolz und gut gekleidet wie meine Mutter. Ich darf in meinem alten Kinderzimmer schlafen, noch einmal in dem alten Bett liegen, aus dem ich nachts so oft aufgestanden bin.

Damals, ich muss zwei oder drei gewesen sein, ging ich den Geräuschen nach zur Küche. Sie war verschlossen, aber durch die Milchglasscheibe konnte ich deutlich die zwei Figuren dahinter erkennen, die meine Eltern waren. Viktor und meine Mutter Lena stritten, oder besser, quälten sich gegenseitig, verstrickten sich in lang ausgebreitete Missverständnisse, während ich unbeweglich hinter der Milchglasscheibe stand. Meine Mutter konnte meine Silhouette sehen, meinen Kinderkopf und das dünne abstehende Haar. Sie ließ mich dort stehen und horchen, bis ich selbstständig zurück ins Bett ging und weiterschlief.

Drei sehr lange Tage werde ich in dieser Wohnung verbringen, und obwohl sie auch nicht mehr als siebzig Quadratmeter misst wie fast jede Wohnung, die ich als Kind betreten habe, gelingt es meinem Vater und mir, uns geschickt aus dem Weg zu gehen.

In der letzten Nacht treffen wir uns dann doch in der Küche. Mein Vater sitzt am Tisch und hat ein Glas Milch vor sich stehen. Seine Augen sind gerötet, und mit seinen hellen Haaren und dem ausgewaschenen Pyjama sieht er ein wenig aus wie ein trauriges und kränkliches Kaninchen. Ich setze mich zu ihm und lege meine Hände auf den Tisch, sofort bemerke ich, dass seine Hände ganz ähnlich daliegen wie meine. Der kleine Finger ist abgespreizt, Mittel- und Ringfinger liegen dicht beieinander. Seine Abwesenheit hat ein Gesicht bekommen, eine schüchterne Stimme und aufmerksame Augen. Diese Augen sehen mich an und versuchen, mich zu entziffern, in meinem unförmig schlaksigen Körper einer Siebzehnjährigen. In diesem einen nächtlichen Gespräch versuchen wir alles zu klären, was wir zwischen Vater und Tochter zu klären haben. Danach wird es kein Wiedersehen geben.

Am nächsten Morgen erwache ich mit Fieber. Eigentlich wären noch zwei weitere Tage mit meinem Vater geplant gewesen, aber ich reise vorzeitig ab. Die letzte Stunde streife ich ziellos in der Wohnung umher. Meine Erinnerungen wollen sich nicht mehr zusammensetzen mit diesen alten Schränken, vergilbten Tapeten, und auch die Milchglasscheibe in der Küchentür ringt mir keine Rührung mehr ab. Ich sitze im Flur mit meiner Reisetasche auf den Knien und warte darauf, dass es vorbeigeht.

Nina steht vor dem Hauseingang und wartet auf mich. Wieder berührt sie mich nicht, auch das, was jetzt auf meinen Schultern liegt, muss ich allein tragen. Wir steigen wieder in den Bus und holpern über die Straßen. Dort sitzen hauptsächlich Frauen. Die meisten haben vollgestopfte Taschen dabei und Plastiktüten. Sie schleppen wie Ameisen ihre Tagesbeute nach Hause, um sie am Herd zu verkochen. Wie oft habe ich Tanja, Nina oder Lena etwas schleppen sehen. Tanja trug die schweren Wassereimer jeden Tag, Nina wuchtete die Bretter und Kisten in ihren Garten, und auch Lena rackerte ihr ganzes Leben lang auf sich allein gestellt. Um Hilfe zu bitten, kam ihnen nicht in den Sinn. Selbst anpacken, das hatten sie einander beigebracht.

Nina dreht den Kopf zu mir und sieht mich an. «Hast du ihn nun gesehen, deinen Vater? Bist du zufrieden?» Ich habe ihn gesehen. Aber seine Abwesenheit hat mich nicht verlassen.

Ninas Fratze

Die Haut bewegt sich an die Knochen heran. Die Flüssigkeiten verdunsten, zwischen den Hautschichten schwindet der Abstand. Die Wirbelsäule krümmt sich sachte, zuerst oben, dann langsam den Rücken herunter bis in die Lendenwirbel, die sich ineinanderkrallen und im Becken verkeilen. Der Rumpf sinkt in den Schoß. Die Haut über den Augenlidern legt sich auf die Wimpern, schließt zärtlich den Augenaufschlag. Die Knie weichen aus. Der Fuß stolpert über Unebenheiten. Die Nase interessiert sich nicht mehr für das Profil, und die Schenkel vergessen ihre Muskeln. Der Schritt wankt, tänzelt fast, stampft nicht mehr auf. Die Stimme klingt nicht, der Mund ist kein Resonanzraum mehr, die Zähne fehlen. Die Zunge irrt in der Mundhöhle umher und fleht um Wasser.

Aber auch das vergeht. In meinen letzten Stunden werde ich keinen Hunger und Durst mehr empfinden. Meine Niere wird ihre Tätigkeit einstellen. Das Wasser, das sich in meinem Kreislauf befindet, wird sich einlagern, einnisten in Regionen, in denen es nichts zu suchen hat, und meine Lunge füllen. Dort in der Lunge wird es mir die Luft zum Atmen nehmen. Um meinen Mund und meine Nase breitet sich dann eine Blässe aus. Eine sanft-weiße Todesblässe. Die Wärme verschwindet aus meinem Blick, meine Augen treten aus ihren Höhlen. Sie starren aus mir heraus. Meine Füße werden von Kirchhofrosen befallen, kleinen blau-roten Verfärbungen an den Füßen, den Ellbogen und meinen ehemals so schönen Knien. Der Sauerstoff reicht nur noch für das Zentrum des Körpers, den inneren Kreis meiner Organe. Mein Atem rasselt. Wie auf einer alten, verrosteten Reibe bewegt sich die letzte Luft, die ich noch atmen darf, in meiner Lunge. Die Menschen, die mich lieben und die um mich versammelt sind, wird dieses Atemrasseln quälen.

An Ninas Seite ist in diesem Augenblick niemand. Nur eine Krankenschwester, die von Stunde zu Stunde nach ihr sieht und ihren Puls fühlt. Ihr den Schweiß von der Stirn tupft und ihr Haar zurückstreicht. Die letzte Luft bewegt sich mühsam. Nun befällt Nina eine Unruhe. Sie streicht über die Decke, ihre Finger zucken, greifen ineinander. Der Kopf wendet sich nach rechts und links und gräbt sich ins Kissen. Die Füße strampeln kraftlos gegen einen abwesenden Widerstand an. Sie reibt ihre Haut auf den weißen, zerknitterten Laken. «Ruhig, ganz ruhig», flüstert die Krankenschwester und setzt ihr eine Spritze. Sie bäumt sich ein wenig auf. Sie möchte aufstehen und das Bett verlassen. Ein paar Schritte gehen, das scheint nicht unmöglich. Käme jetzt nur Mischa, ihr Sohn, könnte sie sicher die Kraft finden, um einen Fuß vor den anderen zu setzen. Aber er kommt nicht. Die anderen in den Betten neben ihr sehen ihr zu. Sie wissen, was da geschieht. Jeder von uns erkennt einen Sterbenden. Die Krankenschwester drückt Nina vorsichtig zurück ins Bett und streichelt sie. «Alles wird gut», sagt sie immer wieder. Nina atmet unregelmäßig, stockend, sie schnappt wie ein kleiner Fisch am Ufer nach Luft. Die Wände um sie herum verschwinden, verbinden sich zu einer runden Fläche. Die Pupille saugt das Licht ein und sieht zum letzten Mal. Nina atmet ein und atmet lange aus und stirbt.

Das Herz bleibt stehen. Stille in Ninas Körper. Die Krankenschwester bedeckt Ninas Kopf mit einem Laken. Sie spricht ein paar leise Worte zu den Bettnachbarn. Jemand murmelt ein Gebet. Nina bleibt liegen. Nach drei bis vier Minuten stirbt Ninas Gehirn. Vielleicht sieht sie noch etwas in diesen letzten Minuten. Vielleicht sind diese drei bis vier Minuten genug Zeit für einen Kurzfilm ihrer Erinnerungen.

Die vielen Betten, zwischen denen sie umhergeht und singt, Tanzen auf dem Dorfplatz, Perlen auf ihrem Kleid, Beine, Fesseln, Füße, die tanzen, Kirschenpflücken, Jura, jung auf dem Motorrad, seine Lippen, jemandes Lippen, ihr Vater hinter einem Baum, der ihr den Rücken zuwendet und geht, Stöckelschuhe und Hüte, Wolle und die langen Nadeln, die auf den Boden fallen, Lena in ihrem weißen Jäckchen mit dem langen geflochtenen Zopf, der den Rücken herunterbaumelt, Mischa auf seinem Rennrad, nass geschwitzt und glücklich, die Siamkatze, die ihr vom Schrank auf die

Schulter springt, Erde, ihre Hände in der Erde, Grün, grünes Laub, Blätter, Erdbeeren unter den Blättern, Öl in der Pfanne, Geschirr mit blauen Mustern, Scherben auf dem Boden, Kittel, Spritzen in Haut, Regen und Fichtennadeln und ich in ihrer Küche beim Kartoffelschälen, eine Statistin in Ninas Bilderflut, die sie vielleicht sieht, während Enzyme ihre Gehirnstruktur zersetzen.

Die Temperatur auf der Hautoberfläche sinkt. Nach fünfzehn bis dreißig Minuten sterben die Zellen in Ninas Herz. Nach dreißig Minuten sterben die Zellen der Niere und der Leber. An Ninas Rücken bilden sich Totenflecken. Ein bis zwei Stunden später sterben die Zellen der Lunge. Die Zellwände werden dünner und verlieren ihre Schutzfunktion, Bakterien dringen ungehindert ein, die Zellen verkümmern und lösen sich auf. Nach zwei bis vier Stunden setzt die Totenstarre ein. Ninas stramme Fesseln verkanten sich in ihre Füße, die bis ins hohe Alter hübschen Brüste sinken in sich zusammen, und ihr Gesicht verzieht sich zu einer Fratze. Die Nasenlöcher sind stark geweitet, als hätte sie um ihre letzte Luft erbittert gekämpft. Der Mund ist verzogen, auch hier scheint sie mit dem Unterkiefer gegen das Ersticken gekämpft zu haben.

Das Leben ist ein Kampf. Dieser unzählige Male wiederholte Satz hat sich in ihr Gesicht geschrieben und ist nun zu einer Maske erstarrt, die sich nicht mehr abschütteln lässt. Den letzten Gang tritt sie mit dieser Fratze an.

Nach etwa acht Stunden beginnen Ninas Muskeln

abzusterben. Nur der Magen und der Darm arbeiten noch vierundzwanzig Stunden weiter, lösen den letzten Bissen Apfel in ihrer Obhut auf, bis sie beginnen, sich selbst zu verdauen und zu zersetzen.

Die Krankenschwester ruft die Nummer an, die auf ihrem Zettel neben Ninas Namen steht. Sascha meldet sich am Telefon, und sie berichtet von Ninas Tod. Sascha ruft Ninas Sohn an. Mischa kommt am folgenden Tag und bespricht sich mit dem Arzt. «Ihr Herz war nur noch ein Tüchlein, wir konnten nichts mehr tun», sagt der.

Mischa organisiert einen Umtrunk in einem kleinen Restaurant, kauft Totenkleidung und einen Sarg, routinierte Handgriffe. Dann werden noch die billigen Beiläufigkeiten gekauft: Plastikblumen, Plastikkränze, Plastikgabeln, Plastikteller, und Nina wird endgültig in die von ihr verachtete Schludrigkeit gerahmt. Ein Geistlicher kommt, um sie zu segnen. Sie wird gewaschen, eingekleidet und aufgebahrt. Ihr Gesicht, dieses im Kampf erstarrte Gesicht, wird vor den Blicken entblößt. Manch einer wendet sich ab. Der Wille weiterzuleben steht in ihren Zügen, die Widerständigkeit und der Unglaube, die Verletzlichkeit und der Trotz. Vielleicht sogar ein Rest Stolz. Selbst im Vergehen zeigt Nina einen rotzfrechen Widerstand in ihrer Sterbefratze.

Als ich Ninas Wohnung ungefähr neun Jahre nach ihrem Tod mit klopfendem Herzen betrete, riecht es nach ihr. Schweiß und Parfüm haben auf Stoffen und Kleidern diese einmalige Mischung hinterlassen, die ich noch erinnern kann als ihren Geruch.

Ich gehe in die Küche und setze mich an den Tisch mit der blau-weiß karierten Tischdecke. Draußen regnet es, der Regen prasselt hart ans Fenster, im Raum ist es schummrig und kühl. Eine Kachel ist von der Wand gefallen, und die Aufkleber der lustigen Gnome, die so eisern durchgehalten haben über die Dauer ihres Lebens, beginnen sich doch allmählich von den Schrankwänden zu lösen. Der Schaukelstuhl steht noch da, und die Wolle liegt auf dem Schränkchen, daneben ein nicht beendeter Handschuh. Ich kann nicht atmen in diesem Zimmer, die Luft steht.

Ich beginne, die Reste ihres Lebens aus den Schränken zu räumen. Sie sind voller Vorräte, teilweise noch aus der Sowjetzeit. Zucker von 1985 und Watte aus den Siebzigern, unzählige Teeservice, Untertassen in den verschiedensten Farben, ausnahmslos alle Stoffe, aus denen meine Mutter in den Achtzigerjahren sich oder mir Kleidung genäht hat, manchmal eine ganze Stoffbahn und manchmal nur ein Fetzen. Meine Stoffwindeln und die Stoffwindeln meiner Mutter. Zahnarztbesteck und jahrzehntealte Medikamente, Töpfe in allen erdenklichen Größen und Formen, Tassen und Gläser für drei Großfamilien. Wolle, zusammengepfercht in Tüten, gesammelt über ein Leben hinweg und in Kommoden gestopft. Pullover, die gestrickt, zusammengelegt und nie getragen wurden. Blusen, Winterjacken, Hausschuhe, die zu klein oder zu groß für Nina waren. Hüte, Mützen, Schals, Kreuzfahrtschlappen. Aschenbecher aus deutschen Cafés, kleine Figürchen von Gartenzwergen mit roten Mützchen und ein Cockerspaniel in einem Korb mit seinen Welpen auf einem karierten Deckchen. Selbst gestrickte Handschuhe für Generationen. Unzählige halb abgebrannte oder zerbrochene Kerzen und mindestens hundert nicht funktionierende Kugelschreiber. Hilton-Hotel-Handtücher, Pfannen und riesige Einmachgläser, Deckel, Deckel, Deckel und sorgfältig gefaltete Plastiktüten aus den Neunzigern von Woolworth. Alte Alufolie, geglättet, und Ikonen, die so vergilbt sind, dass die Heiligen darauf nur noch Schatten sind. Kirschkernentferner und Handbohrmaschinen, Hefte aus dem Sozialismus und Werkzeug zum Reparieren von allem, was kaputtgehen könnte. So hat sich die Zeit in Schubladen gelegt und ihre Funktion verloren. Ungefähr dreißig Zwanzig-Kilo-Säcke schleppe ich aus der Wohnung, verschenke das Zeug an die Menschen in den Nachbarwohnungen oder bringe es auf den Müll.

In einem Holzsarg einige Meter unter der Erde bewegen sich wahrscheinlich noch monatelang Ninas Arme und Beine, die Haut trocknet ein, die Muskeln verkürzen sich, und der kleine, nun winzige Körper zieht Arme und Beine an und krümmt sich, zieht sich zusammen wie ein Embryo in einer Mutter Bauch. Was noch etwas länger von Nina bleibt, sind das zusammengestürzte Skelett und ein Häufchen Goldzähne in einem Sarg.

Mein Schaukelstuhl

Der Zug rollt in den Bahnhof ein, und ich steige aus. In den Händen nur eine kleine Tasche. Am Bahnhof herrscht reger Betrieb. Direkt wenn man aussteigt, steht man auf dem Markt. Die Goldzahnalten und die Zahnlosen verkaufen ihre Waren auf Kisten verteilt. Hier bemerke ich nicht, dass Zeit vergangen ist. Ich sehe große Tomaten, kurze Gürkchen und Säcke voller Kartoffeln, und die Zigaretten in den Mundwinkeln brennen unbeirrt weiter, gleichgültig, wer sie raucht. Die Zeit kann nicht überall dieselbe sein, denke ich. Hier tickt sie langsamer, vergisst schläfrig den einen oder anderen Schlag, und manchmal vergisst sie das Ticken ganz.

Um den Markt kreisen Hunderudel. Sie warten auf die Reste, die in Papier gewickelt achtlos oder gut gemeint weggeworfen werden. Die Hunde streunen um die Müllhalde hinter einer Ecke, große verrostete Kübel bergen den Unrat, der in Ruhe verwesen darf, ohne dass die Müllabfuhr diesen Vorgang stört. Die Fliegen vergnügen sich, die Hunde finden ihre Speise, und manchmal frage ich mich: Muss es immer der Mensch sein, der sein Glück findet? Warum nicht der Hund, die Fliege und die Ratte? Die kleinen Nager, die gerade gut gesättigt die Müllhalde verlassen, während ich vorbeigehe, wirken fraglos zufrieden.

Ich nehme Kurs auf meine Wohnung und komme an eine Mauer, die das Gebiet vor mir einfasst, hier steht ein Wachhäuschen, aus dem heraus mich ein grimmiger Mann betrachtet, die Augenbrauen noch stärker zusammenzieht und mich weiterwinkt. Ich verlasse das Bahnhofsgelände und betrete die Zone, das alte Kurgebiet, auf dem noch immer Hotels zur Erholung stehen wie zu Stalins Zeiten. Ich biege auf die Allee, eine gepflasterte breite Straße, deren Ränder mit Blumen bepflanzt sind. Ich erinnere mich, dass hier und dort Leninstatuen gestanden haben, die allerdings wurden in meiner Abwesenheit geköpft und abgetragen. Manchmal stehen noch die Sockel da oder die Steinfüße. Steinfüße, die nicht mehr weglaufen können. Das ist vielleicht alles, was bleibt von einer zerbröckelten Idee. Die Allee ist lang und abschüssig. An den Seiten sind niedrige Eisenzäunchen zum Schutz der Blumen aufgestellt. Ich lasse die Kurhäuser hinter mir und biege nach rechts ab, in den Wald hinein. Hier erheben sich die Fichten über mir und fransen in den Himmel. Der Boden ist übersät mit Tannenzapfen und ausgeblichenen Nadeln. Vorsichtig muss man sein, dass man nicht stolpert, denn die Wurzeln bedecken die Erdenhaut wie Narben. Ich kenne diese Wurzeln, ich erinnere mich an sie. Fast sind sie die letzten Verwandten, die ich noch habe. Hier bin ich als Kind umhergelaufen, hier habe ich mit meinem Onkel Mischa Verstecken gespielt. Auch meine Hände sind über die Jahrzehnte knorrig geworden, sie ähneln den Wurzeln, nur vergehe ich schneller als sie.

Der Weg schlängelt sich vorbei am Moor, das zu meiner Linken liegt. Das Moor ist von außen nicht zu erkennen, Bäume und Sträucher verdecken es. Wenn man es sehen will, muss man sich durch die dichten Brennnesseln schlagen. Auch so eine glückliche Erdenbewohnerin, die Brennnessel. Zufrieden wuchert sie auf diesem herrenlosen Stück Land. Dort, wo das Moor sich das Land nimmt, stand einmal das alte Haus meiner Urgroßmutter. Es fing an, sich langsam zu neigen, bis es schließlich nach und nach versank. Sie verließ das Haus, und wer etwas brauchen konnte, nahm es sich aus den Resten, die das Moor noch hergab. Ich lasse das Moor hinter mir und gehe tiefer in den Wald, die schmalen Pfade entlang, vorbei am See, wo die Schilfkolben gegeneinanderschlagen, und finde mich vor dem Haus wieder. Ich besitze einen Schlüssel und eine Schenkungsurkunde zu der Wohnung, die Nina immer noch bewohnt mit ihren zurückgelassenen Habseligkeiten.

Die beiden schweren Eisentüren lassen sich mit etwas Mühe öffnen, und ich betrete das Zimmer und seine Stickigkeit. Ich öffne die Fenster und sehe mich um. Hier steht sie, die Zeit. Sie vergeht auf meiner Haut, aber hier auf den Oberflächen der Bilder und Schachteln und Töpfe lässt die Zeit sich Zeit. Hier wird sie nicht gemessen und nicht verbraucht. Ich habe sie eingeschlossen in dieser Wohnung, zusammen mit all den Gegenständen, die niemand mehr will. Hier steht das Museum meiner Erinnerungen an Nina.

Ich stelle die Tasche ins Zimmer und öffne das kleine Fenster auf dem vergitterten und verglasten Balkon, sammele die Kerzen auf, die über die letzten Jahre heruntergefallen sind, und gehe in die Küche. Auf der Wäscheleine hängen noch Handtücher, unbenutzt. Ich hänge sie ab und stopfe sie in die Bosch-Waschmaschine, die gelangweilt in der Ecke steht und auf ihren Einsatz wartet. Ich breite meinen Einkauf auf dem Tisch aus. Kartoffeln und Sauerkraut, Schnittlauch, Brot und Preiselbeerkonfitüre. Dann muss ich den Gashahn aufdrehen und die Töpfe spülen und mit Wasser füllen und aufsetzen. Der Tisch hat eine große Schublade, in der ich allerhand Werkzeug finden kann. Ein Messer ist auch dabei, und ich beginne, die Kartoffeln zu schälen.

Ich lasse den Blick schweifen über die Dinge, die ihr Leben waren. An den Schränken kleben noch immer die Gnome, an die ich mich aus meiner Kindheit erinnern kann. Die Pfannen und Töpfe warten auf die nächste Generation. Die Holzbretter müssten mal mit Öl eingerieben werden und die Gläser gründlich gewaschen. Ich treibe mich herum in dieser Küche, die in ihren letzten Jahren fast nur sie betreten hat. Handgriffe ohne Hoffnung. Den Teller auf den Tisch stellen, die Gabel dazulegen und sich hinsetzen ohne Ziel. Kauen und schlucken, atmen und vergehen. Ich gehe von dieser Küche aus mit ihr die Stationen ab, die sie gegangen ist, und erzähle mir die Geschichten, die sie mir nicht erzählt hat.

Ninas Tage beginnen früh. Sie hört den Zug morgens um halb sechs rattern, und wenn die ersten Sonnenstrahlen sich durch das Fenster wagen, steht sie auf. Der tägliche Blick in den Spiegel zeigt ein immer noch freches Gesicht. Die Vorderzähne, kleine Mäusezähne mit Einbuchtungen, sind inzwischen fast alle vergoldet. Als ich ein Kind war, biss mir Nina mit den noch weißen Zähnen gern in die Nase, in die äußerste Spitze, aus Liebe, wie sie sagte. Ninas Haut ist fest und rau, sonnen- und windgegerbt. Am Morgen legt sich Nina ihr leicht welliges weißes Haar, putzt ihre dicke, quadratische Brille und geht in die Küche. Als Erstes bekommen ihre Pflanzen ein Frühstück. Wasser und Licht für die verschiedenen Topfpflanzen. Sie öffnet die Vorhänge und prüft mit dem Finger die Erde. Dann nimmt sie den Kochtopf zur Hand und macht sich ihren Grießbrei. Mit dem ausgeleierten Schneebesen rührt sie die cremige Speise. In ihren letzten Jahren lebt kein Tier mehr in ihrer Wohnung, und sie kocht nur für sich selbst.

Ich stehe an demselben Herd und rieche, dass die Kartoffeln fertig sind. Der heiße Dampf schlägt mir beim Abgießen ins Gesicht. Ich zerlasse den Butterschmalz und gebe die gut abgetropften Kartoffeln in die Pfanne. Das Sauerkraut kommt roh auf den Tisch und wird nur mit Sonnenblumenöl, Schnittlauch und Preiselbeeren angemacht. Nun heißt es Geduld haben. Nicht zu früh wenden und die Zwiebeln, den Pfeffer, das Salz und eine Prise Zucker erst spät zu den Kartoffeln geben. Die Küche füllt sich mit Bratkartoffelgeruch.

Dann setzt sich Nina vor neun Jahren an den Tisch, und ich setze mich neun Jahre später dazu, und wir essen.

Nina tritt ihren ersten Spaziergang meistens gegen elf Uhr an. Sie verwendet viel Zeit für das Ankleiden. In den vollgestopften Schränken schaut sie nach einem Rock oder Pullover, den sie noch nie getragen hat oder noch nicht in dieser Kombination. Sie setzt sich eine Wollmütze auf und drapiert ihr Haar, der Fellkragen wird hochgestellt. Dann öffnet sie die beiden Türen und verlässt mit hinter dem Rücken verschränkten Armen ihre Wohnung. Diese Armhaltung ist wichtig, sie gibt ihr das Aussehen einer Person, die auf keinen Fall aufgehalten werden möchte.

Auch ich verlasse nach dem Essen die Wohnung, und auch ich verschränke meine Arme hinter dem Rücken. Der Herbstboden ist trocken, und nur wenige Pfützen säumen den Weg. Auf die Pfützen haben freundliche Menschen Bretter gelegt, damit niemand sich die Füße nass machen muss. Ich spaziere hinter den Häusern entlang zur Wolga. Der Fluss gräbt sich breit durch die Landschaft. Wie eine klaffende Wunde, in der durchsichtiges Blut fließt, treibt der Fluss eine Schneise durch die Erde. Im Winter friert er zu und wird eine glatte Straße für Menschen und Fahrzeuge. Das Auge treibt ziellos über die Wassermassen, kann Anlauf nehmen und sich verirren. Von einer benachbarten Brotfabrik zieht ein herrlicher Duft herüber, und ich merke, dass mich jemand beobachtet.

Ich schaue mich um, entdecke aber auf den ersten Blick niemanden. Erst auf den zweiten Blick sehe ich etwas abseits einen Jungen mit seinem Mountainbike stehen. Ich gehe weiter, und er folgt mir, dreht Kreise, wenn ich mich nach ihm umdrehe, und kommt langsam näher. Als die Straße einen Knick nach rechts macht, überholt er mich. «Hey», ruft er mir zu. «Bist Du ein Mann oder eine Frau?» Ich antworte: «Was denkst du?» – «Ich weiß nicht, du siehst aus wie eine Frau, aber du gehst wie ein Mann», sagt er. Er zieht engere Mountainbikekreise und beäugt mich von oben bis unten. «Wie geht denn eine Frau?», frage ich. «Anders», sagt er, «nicht so geradeaus und nicht allein. Wo wohnst du?»

Ich sage: «Ich wohne in Deutschland.» – «Deutschland!», ruft er begeistert. «Das kenne ich: *Hände hoch, stehen bleiben, Goethe, Mädchen, ich spreche Deutsch.*»

Rotwangig strahlt er mich an mit seinem Rest Sommerbräune, man sieht, dass er die Tage draußen verbringt. Auf dem Dorf leben die Kinder wie streunende Hunde. Ich sehe, wie er weiter Kreise um mich dreht, und erinnere mich an meine eigenen Streifzüge, die mich meistens zu den Brettern führten, die auf einem Hügel über einem stillgelegten Brunnen krumm und alt vor sich hin moderten. Mischa hatte mir erzählt, dass unter den Brettern ein Brunnen ist, und in den Brunnen ist ein Pferd gefallen. Dieses Pferdegerippe auf dem Grund des Brunnens stellte ich mir vor wie ein zusammengefallenes Kartenhaus. Ein Lebewesen, das stark ist und dann zerbrechlich in einem Brunnen liegt, dieses Bild ließ mich nicht los.

Manchmal, wenn ich mit meinen Puppen und dem Puppengeschirr in der Ecke saß und meine Kinderspiele murmelte, beobachtete ich die jungen Erwachsenen um mich herum, und mir war, als wären auch sie starke, schöne Pferde, ausgebremst und an unsichtbare Zügel gelegt. Als ich selbst so eine Erwachsene geworden war und mich im Spiegel betrachtete, sah auch ich in meinem Gesicht das Pferdegerippe, das endlich aufstehen will.

Wenn ich ein Stückchen weitergehe, den Weg entlang am Brunnen vorbei, der noch Wasser hat und wo ich als Kind mit meiner Urgroßmutter jeden Tag die Eimer füllte, da beginnt Land. Nicht Landschaft, sondern Land öffnet sich da, weites, unbenutztes Land, in das ich hineingehe und wo mich die aufgeregten Mücken begrüßen und umschwirren. Wo die Sonne Platz hat aufzugehen. Eine wohlige Gleichgültigkeit umgibt mich schon nach der ersten halben Stunde, und ich beginne, die weichen Hügel, die vor mir liegen, hinauf- und hinabzusteigen. Wie ein grünes Meer nimmt mich mein Geburtsland auf. In den Gräsern entdecke ich hier und da duftende Walderdbeeren. Das Land lädt dazu ein, einen Ruf in die Weite zu schicken, der irgendjemanden erreicht.

Dann ist es Zeit, nach Hause zu gehen, und der Abend schiebt sich in den Tag. Wieder ein Abend, der allein verbracht wird. Der Fernseher zeigt ein Konzert, leise gedreht, und Nina strickt. Sie strickt einen Mantel in einem leuchtenden Rot mit schwarzen Mustern. Durch die Jahrzehnte hindurchgestrickt hat sie sich. In bunten Plastiktüten lagert sie die Wolle und die vielen Kinderhandschuhe, die niemand tragen wird. Land trennt Nina von den Händen ihrer Enkel. Land, das sie nicht mehr durchqueren kann. Trotzdem strickt sie weiter und legt die fertigen Handschuhe zu bunten Türmchen zusammen und packt sie in Tüten. Den Mantel hat sie für mich gestrickt, zusammengelegt und als Gruß hinterlassen.

Gegen neun Uhr ist es Zeit, das Abendspiel zu spielen. Nina stellt sich vor, Jura kommt nach Hause. Sie hört ihn klingeln in ihrer Vorstellung, und sie sieht sich die Tür öffnen und warten, bis er hereingekommen ist. «Wo kommst du her?», wird sie ihn fragen, und er wird brummen und «Von der Arbeit» sagen. Sie wird seinen Mantel aufhängen und nicht gleich in die Küche laufen, sondern ihn eine Weile ansehen. Er wird stehen bleiben im Flur, und auch er wird sie ansehen. Gealterte Kinder in schlaffen Körpern versteckt, die sich bei den Händen fassen und in die Küche gehen, zu zweit. Das Abendessen steht schon fast fertig auf dem Tisch. Nina wird ein paar Fragen stellen, und sie wird zuhören und ihn ansehen. Seine kluge Stirn und das Lächeln in seinen Augen. Nur noch Juras Schweigen ist Nina am Ende geblieben. Die Worte, die sie ihn sagen lässt in ihrer Vorstellung, und das Strickzeug, das ihr in den Schoß sinkt, wenn sie einschlummert.

Ninas letzte Aufgabe ist es, die Zeichen ihres eigenen Verschwindens zu lesen. Es sind viele verschiedene Zeichen, die sie als Krankenschwester gut kennt. Die Fingernägel, die wie rissiges Holz zu splittern beginnen, und das Herz, das lauter schlägt. Die kleine Stadt aus Zähnen, die marode wird in ihrem Mund, die Haut, die an dickes Papier erinnert, das man knicken kann. Sie spürt die Organe in ihrem Unterleib ineinandersinken, und der schleimige Ausfluss, den sie seit einem halben Jahr hat, treibt ihr den Angstschweiß auf die Stirn. In den Hüften bewegen sich die Beine wie verkantete Balken, die Füße schwellen an, und die Schuhe drücken. Auf der Haut zeigen sich Flecken, eine in einer Geheimsprache verfasste Nachricht an sie. Das Haar ist nun schneeweiß und fliegt im Wind wie eine Pusteblume. Trotzdem steht sie jeden Morgen auf, putzt sich die Zähne und sieht sich im Spiegel an.

Ich gehe auch ins Bad und schaue mir mein Gesicht an. Wenn ich in den Spiegel sehe, erkenne ich unter meiner Haut ihre Haut. Sie hat sich in mich verwandelt, ich erzähle sie weiter, bin ihr Echo. Unsere Haut ist eine Geschichte, die wir fortschreiben. Wir beschreiben sie mit den Kümmernissen und Freuden, die sich in sie eingraben. Nina hat nicht aufgehört zu atmen, sie atmet in mir. Ich betrachte mein Gesicht noch sorgfältiger. Sehe, wie ihre asiatisch geformten Augen in meinen Augen ein wenig größer und runder wurden, die Nasenwurzel hat sich in meinem Gesicht verkürzt, und das Haar ist heller geworden. Mein Hals hat sich aus ihrem in die Länge gezogen. Die Arme und Beine haben sich bei mir ein paar Zentimeter mehr gegönnt. Ihre Hände haben in meinen ihre Kantigkeit verloren, und meine Lippen sind verwischt, während ihre eine scharfe Kontur hatten. Der Blick aber, unser Blick, bleibt gleich. Sieht in die Welt hinaus und will anpacken. Nina hat das Glück nicht außerhalb ihres Körpers gesucht. Was ihre Hände konnten und taten, das war ihr Glück. Die Gradlinigkeit ihrer Schritte und die Aufrichtung ihres Rückgrats, die Lasten, die sie heben, die tobenden Männer in der Psychiatrie, die sie bändigen konnte, das war ihr Glück. Das Stück Land, das sie sich gefügig gemacht hat und das ihr Erträge schenkte. Glück war eine Tätigkeit. Das ist Ninas Erbe an mich.

Nur noch ein wenig aufrichten, wieder hinlegen. Ein wenig wenden, zur Seite. Eine Stunde auf dem Rücken liegen. Sich wieder aufrichten lassen von dieser fremden Person im Zimmer, die Nina dreht und aufsetzt. So vergeht die letzte Nacht. Die Luft geht stockend durch den Körper, bleibt in seinen Winkeln stecken.

In den letzten Monaten hatte sie häufig mit Sascha telefoniert. Sie sprachen lange. Ab und zu besuchte er sie in ihrer Wohnung. Sie saßen in der Küche, und sie machte Tee mit Zitrone und stellte etwas Süßes auf den Tisch. Sie klagte über Herzschmerzen, mal ließ sie sich einweisen, mal rief sie den Rettungswagen. Eines wollte sie nicht, allein sterben. Irgendwo zwischen Bad und Küche stürzen, in der Wohnung liegen bleiben, um dann nach Wochen gefunden zu werden von den Nachbarn oder dem eigenen Kind. So war sie es selbst, die den Krankenwagen rief und sich ins Krankenhaus einweisen ließ.

Am letzten Tag bittet Nina Sascha um eine Massage. Es geht ihr besser danach. Ans Sterben denkt sie nicht. Sie macht Pläne, sortiert ihre Pflichten und unverrichteten Aufgaben. Sie hat das Gefühl, dass die Ärzte sie aufgeben, dass keine Aufmerksamkeit mehr da ist für sie. Sascha verabschiedet sich von ihr mit einem Kuss auf die Wange. Als er das Zimmer verlässt, er steht schon in der Tür, überkommt ihn eine Vorahnung, und er dreht sich noch einmal um. Sie lächelt ihr verschmitztes Goldzahnlächeln. Er winkt ihr mit seiner kleinen Hand, und sie winkt zurück. Das ist am Nachmittag, am Abend kommt die Ehefrau ihres Sohnes, die sich an nichts anderes mehr erinnern kann, als Nina gewendet und aufgerichtet zu haben, am Morgen fährt sie weg.

Da muss es gewesen sein, dass Nina um einen Spiegel bittet, einen Kamm und einen Lippenstift.

Sie schminkt sich die Lippen, kämmt sich sorgfältig die weißen Haare und sieht sich noch einmal im Spiegel an.

Wenn ich morgens vor dem Spiegel stehe, sehe ich sie, meine Großmutter, in meinem Gesicht. Nina, die ohne mich gelebt hat. Auch ich habe ohne sie gelebt, von ihr getrennt durch Ländergrenzen, Utopien, Konsumgüter und den brennenden Wunsch, es einmal besser zu haben. Wenn ich dann aber meinen Grießbrei umrühre und wie Nina ein Stückchen Butter darin schmelzen lasse, muss ich lächeln, denn Tausende Kilometer von ihr entfernt ist es derselbe Topf, in dem sie ihren Grießbrei gerührt hat und in dem ich jetzt weiterrühre.

Dank

Von Herzen möchte ich mich bei den Menschen bedanken, die mit mir ihre Geschichte teilen, die mich begleiten und unterstützen:

Sophie Nieder,
Lena Knipp,
Michail Tokranov,
Astrid Kneier,
Heike Tauch,
Elena Schewtschenko,
Laura Balzer,
Winnie Gutmann,
Gunnar Schmidt.